中公文庫

わたしたちの秘密

中江有里

中央公論新社

目次

わたしたちの秘密

同じ夢

気づくと、水中にいた。

頭まで水に浸《つ》かっているのに、なぜか呼吸できている。心地よい温水は足の指先まで包み込んでいた。

波打つ感覚が伝わってくる。時間も場所もわからないけれど、水音が生きている実感を与えてくれる。閉じた瞼《まぶた》越しにぼんやりした明かり……水にたゆたいながら、光の美しさに見とれた。

永遠にこの時間が続いてほしい――。

と、電子的な連続音が安息を破った。

地底から強引に引きはがされるように目覚めると、手探りでスマートフォンのアラームを止めた。動悸《どうき》が止まらず、わたしは左手で胸を押さえた。

夢だった。三度目の同じ夢。

一度目は夢の中の心地よさが静電気みたいに体を覆い、しばらく起き上がれなかった。

二度目は、一度目よりも深い水の中にいた気がする。温かな水の中、心底リラックスしていた。水中なのに苦しくない。

ふと「これは夢だ」と自覚した。夢だとわかった途端、妙に興奮して記憶に刻み付けようとあたりを見渡したが、濁った白い世界が広がるばかりだった。

吹雪に巻き込まれたみたいに入り口も出口もない。そのうち頭がぼんやりとして何も考えられなくなった。

目覚めるとすぐ、スケジュール帳を開いてペンを取った。長年使っている手帳は、日記帳代わりにしている。夢のディテールは、手の平で掬《すく》った水のようにいつのまにか隙間からこぼれて消えていた。

そして今日、三度目の夢。

腹ばいになって、枕元に置いたスケジュール帳に必死に思い出しながら文字を綴《つづ》る。

スチール製のベッドが軋《きし》む音が響く。

どこからか、子どもたちのはしゃぐ声が聞こえる。やっぱりこれ以上は思い出せない。

でもこの夢にはきっと何か意味がある。なぜかそんな予感が心に渦巻いた。

朝から考えずにすむように朝食はプレーンヨーグルトをかけたシリアル。りんごを半分に切って皮ごと食べる。フルーツはキウイやいちごにすることはあるけど、いつも同じ。朝だけじゃない。昼も夜も、何を食べたいとも思わないし、調理もしないから出来合いのもので済ませている。

おまけにつけたような小さな洗面台で顔を洗っていると、時計代わりのラジオから胃臓移植のニュースが聞こえてきた。化粧中には昨日起きた殺人事件の続報が流れている。臓器移植も殺人も家族間での出来事だと思った。

　グレーのタートルネックと黒スカート、その上に黒いコートを羽織って玄関扉を開くと、今にも雨が降り出しそうな空が広がっていた。「傘を持つように」とラジオで呼び掛けていたのを思い出し、玄関先のフックにかけてある青無地の折り畳み傘を肩にかけた黒いバッグに仕舞った。

　カンカン、と響く金属的な靴音をなるべく抑えながら外階段を下りて、一階の郵便受けを開けると、以前加入していた保険会社からのダイレクトメールが届いていた。大倉玉青《おおくらたまお》様、と書かれたそれをとりあえずバッグの中の手帳に挟む。保険を止《や》めたのは、未来のことを考えなくなったからだった。

　低いヒールで数歩歩き出して、何気なく建物を振り返った。

　まもなく築三〇年を迎える「コーポ白鳥《しらとり》」は、水回りこそリフォームしてあるが、壁は薄く冬は寒かった。自分とほぼ同じだけ年月を重ねた住まいは、あちこち傷んで古くさくなっている。ここの二階１ＤＫの部屋に、わたしは二年前から暮らしている。

　駅とは逆方向に歩き出すと、まもなく数台の自転車が追い抜いて行った。すべて電動自転車だ。カラフルなヘルメットをかぶった子どもが自転車の前や後ろに座って、大人《おとな》しく運ばれていく。

少し前までコートが重く感じられたが、今日はマフラーが欲しくなるほど風が冷たかった。早歩きで五分ほど行くと、目的の場所が見えてきた。

「七色保育園」の出入口付近には、さっき追い抜いていった自転車が大挙して停められている。大きく円を描くように自転車群を避《よ》けて、園庭際に沿って進むと大きなイチョウの木の下で足を止めた。

そこからは保育園全体が見渡せた。それに木陰に溶け込めばこちらの姿も目立たない。

園庭では既《すで》に登園した子どもたちが思い思いに遊んでいた。勝手に定位置と定めた木陰でしばらく眺めていると、建物から出てきた若い女性保育士と目が合った。

なんとなく顔を伏せて、その場を離れようとした。すると保育士がこちらへ駆け寄りながら声をあげた。

「おはようございますー」

ここに通い始めて、保育士に声をかけられたのは初めてだ。

「……おはようございます」と小さな声で返す。目の前まで来た保育士のピンクのエプロンの下は、長袖の白いニットと紺のパンツ姿だった。

「こちらに何かご用ですか？」

「いえ、子どもたちが可愛いので、眺めていました……怪しい者じゃありません」

保育士はクリクリとした目を見開いた。

余計なことを言うんじゃなかった。毎日のように来ているのがわかれば、怪しまれるに決まっている。それともそうとわかっていて声をかけてきたのか……動揺を抑えようとしても定まらない視線が保育士の頰《ほほ》で留まった。

自分よりも若い、と値踏みした。すると保育士が顔を近づけて小声で言った。

「……もっと、堂々と見てください」

「え？」

思いがけない言葉に声がひっくり返る。

「……子どもの声がうるさいって近隣の方から苦情が寄せられているんですよね」

「はぁ……」

保育園の周囲には、古い一軒家がいくつも建っていた。保育士は姿勢を正すと、笑みを浮かべて道の向こうの家に視線を送った。

「園としては正直対処に苦しんでいます。静かにしますってその場では対応しますが、子どもに声を出すな、と言っても無理ですから」

そっちか、と心の中で安堵《あんど》した。

保育園の建設反対の理由が、多くは子どもの声だという報道を耳にしたことはあったが、ここでも子どもの声は騒音扱いだったのだ。

「ですから近隣の方々に、ここの子どもたちの保護者のような存在になっていただきたいんです。自分の子どもや孫の声がうるさい、と苦情を言う方はいないでしょうから」

ツヤツヤとした頬の保育士は、自分の胸ポケットの名札を突き出すようにして指さした。

「わたしは辻《つじ》由紀乃《ゆきの》と申します」

小さなバッジに「ゆきのせんせい」と黒いペンで手書きしてあった。

「わたしは……大倉、大倉玉青です。三丁目に住んでいます」

由紀乃に促され、名乗るだけでなく、近所に住んでいることも付け加えた。怪しまれたら、ここには来られなくなってしまうかもしれない。無害な近所の住民と印象付けたかった。

「大倉さん、これからもこの保育園をよろしくお願いします」

由紀乃はぴょこんと頭を下げると、体をくるりと翻《ひるがえ》し、跳ねるように園庭へ戻っていった。

わたしにもあんな時があったのだろうか。戻らない時間を振り返っても仕方がないとわかっていても、うらやむ気持ちは消えない。

近所の小学校のチャイムが鳴った。始業時間の八時半を知らせている。

七色保育園は八時から九時が登園時間だ。あの子はいつもこのチャイムに合わせて登園してくる。そろそろだ、と目で探すと玄関付近に見慣れた電動自転車が停まった。姿を目に焼き付けるために思わず背伸びする。

赤いヘルメットを外した子どもが玄関から飛び込んできた。風のように勢いよく園庭を横切っていく。

羽流《はる》——心の中で呼びかける。その姿を見るだけで目頭が熱くなった。羽流は今日も元気だ。

「おはよう、ハルくーん」

羽流を迎えたのは由紀乃だった。羽流はその声に反応して由紀乃のそばへ駆け寄った。

「ゆきのせんせー、おはよう」

視線の高さを合わせるように腰を落とし、由紀乃は羽流の頭に手をのせた。羽流は頭の上に置かれた由紀乃の手を両手で引っ張って中へ入ろうとする。すると小さな青いリュックを持った女性が追いかけてきた。

——また、違う人だ。

「すみません、よろしくお願いします」

女性は頭を下げて羽流のリュックを由紀乃に託すと、急いで出ていった。

「フルイさん、またね」と羽流が手を振り、由紀乃と目を合わせると建物内に入っていった。

新しいベビーシッターとおぼしき女性は羽流に手を振ると、再び電動自転車に乗って来た方向へ戻っていった。

羽流の「母親」はどうしているのだろう。数人のベビーシッターが順番に送り迎えをしていて「母親」の姿は一度も見たことがない。羽流もそれに慣れているのか、ぐずる様子を見せたことはない。

羽流の姿が建物に消えてから、園を離れて駅へと足を向けた。

目、鼻、口……瞼に焼き付けたあの子の顔に自分と似たところを探していた。行方知れずだった羽流を見つけ、引き取った家を捜し当てたが、近所で手ごろな家賃の家が見つからず、園の近くのアパートを借りた。それから保育園に通うのがわたしの日課になった。羽流の姿を一目見るためだけに——。

大きな幹線道路にさしかかり、重い足を引きずりながら横断歩道を渡る。駅はもうすぐだ。

——もう今日は終わった。羽流に会う目的は達せられたのだから。

明日羽流に会うまでの我慢、そう自分に言い聞かせる。でないと今日という日を生き抜ける気がしない。

でも不毛な日課だともわかっていた。

どれだけ眺めても羽流には気づいてもらえない。自分の存在を羽流が知る由《よし》もない。

そもそも羽流を手放したことが間違いだったのだ。

「ちゃんとした父親のいない子を、とても孫だとは思えない」

そう言い放った母の声にこもる憎しみは娘のわたしにではなく、まだお腹《なか》にいる子どもに向けられていた。当時のわたしには、両親の助けがなければ育てられないのは自明だった。

我が子なのに名前をつけることさえ許されず、春生まれだからと心の中で仮に「ハル」と呼んでいた。のちに、実際「羽流」と名付けられていたと知って、思いが通じた気がした。

もしかしたら由紀乃に声をかけられたのはチャンスなのかもしれない。そうならば、羽流にさらに近づくためにわたしは何をすればいいのだろう。

羽流と手を繋《つな》いで歩く自分の姿を思い描いていると、電車がホームに滑り込んできた。扉が開き、降りる客と乗る客が入れ替わる。けれど人が大勢乗っていることに変わりはない。これ以上人が入りそうもない満員電車に無理に体を押し込んだ。

名前も顔も知らない人の塊に自分を押しつけて、なんとか車内に収まったものの身動きが取れない。

心を麻痺させなければ耐えられそうにない満員電車で職場へ通うのは生活のためだ。その生活は空虚で、生きる目的もわからない。羽流に会える、それだけを希望に今日と明日を繋いでいる。

一つ駅を過ぎて、なんとか手が動くようになったので鞄《かばん》から文庫本を取り出して開いた。

鞄の中に入れっぱなしになっていた『走れメロス』。何度も読み返した文庫本はくたびれて、みすぼらしくなっていた。中学生のときに出合った小説は、大学の演劇サークルの先輩だった青島亮平《あおしまりょうへい》が夢中になった小説でもあった。

──大学時代のある日、青島は『走れメロス』について熱っぽく語り始めた。

自分の身代わりになった友。死を覚悟して約束を守るメロス。青島が自分と同じ小説を好きだと知って興味が湧いた。

「……この作品の本当の主人公は、暴君ディオニスだよ」

「え、メロスじゃないの？」

男子学生が声をあげると、青島は首を振り、耳を傾ける仲間一人一人に視線を送ってから、再び口を開く。プロの舞台俳優のように朗々とした声だった。

「だって最初からこの話はおかしいよ。ディオニスは誰も信じられなくなって身内の人間を次々に殺そうとする。そんな王に怒ったメロスが直談判《じかだんぱん》に行くだろ。つまりディオニスがメロスを試す話だ」

　よどみない口調の青島はいつのまにかサークル仲間に囲まれ、わたしもその輪の中で聞き入っていた。

「メロスは妹の結婚式に出るため三日の猶予《ゆうよ》をもらった。その身代わりに残された友人セリヌンティウスはメロスが帰らなければ殺される。暴君ディオニスは神の視点でメロスとセリヌンティウスの友情を測っているんだ」

　青島の解釈を聞きながら、メロスの気持ちに共感しつつ読んだ中学時代を思い返した。主人公はメロスだと疑いもしなかった。そして自分がメロスならどうするだろうと想像した。当時のわたしにはセリヌンティウスのような竹馬《ちくば》の友などいなかった。

　わたしは『走れメロス』の解釈を聞いてから青島に注目するようになった。青島は学外の小劇団とも交流し、学生ながら脚本協力、客演と、サークル活動にとどまらず、社会に半歩足を踏み出していた。学園祭で青島が脚本、演出を手がけた舞台公演は、サークル内で好評を得てもいた。わたしは公演の裏方として参加したものの、いまひとつ内容を理解できず、そういう自分の経験値と感受性のなさが恥ずかしかった。

　サークル活動や演劇の方向性はリーダー格の青島の一言に大きく左右された。あの当時は青島のコマのように動くことを誰もが楽しんでいたような気がする。

　しかし青島が卒業してから、演劇への熱が一気に冷めてサークルへの足も遠のいた。

サークル自体、青島の存在ありきだったらしく、その後の活動は縮小していった。

青島に会えない大学はつまらなかった。

エネルギーを持て余してなんとなく図書館司書の資格を取ってはみたが、ただ取っただけで熱意もなかった。真面目《まじめ》に就職先を探している有資格者に申し訳なく、数少ない就職先を求めるのはやめた。

当時のわたしは具体的な将来像が思い描けず、希望もなく、足踏みばかりでどこへも進めない。モラトリアムに引きこもった単なる甘ったれだった。

そんな娘に両親は優しく接した。

「そのうち、いい人に出会えるわよ」と母の淳子《じゅんこ》は語り、父の宏《ひろし》は「えり好みするからダメなんだ」と笑っていた。

両親は三五年ローンで一軒家を購入していた。上を見ればきりがないが、子どもの頃から欲しいものは大抵買い与えてもらえたし、不自由な思いはしたことがない。堅実を画《え》に描いたような両親と違って、優柔不断で決断力のないわたしは一体誰に似たのだろうか——。

自力では就職口を見つけられなかったが、父の伝手《つて》で小さな建設事務所の事務として採用してもらった。地味で狭い世界に入って、よけいに大学時代のサークル活動が懐かしく思い出されたが、やがて事務所に出入りしていた電気工の男・齋藤《さいとう》と口をきくようになって、気持ちが変わった。

　工業高校を卒業してからその仕事に就《つ》いたという齋藤は背が高く、長い髪を後ろで束ねていた。自分のことはあまり話さない代わりに、どんなにつまらない話にでも耳を傾けてくれた。大学時代に憧れた青島とは正反対の男だった。

　単調な毎日に刺激を与えてくれる齋藤との仲は深まり、一年と数ヶ月後、妊娠していることがわかった。当時二四歳。結婚もしないまま妊娠したと周囲に知られるのは恥ずかしい。でも黙っているわけにはいかない。恐る恐る齋藤に伝えると「よかったね」と喜んでくれたので安堵した。

　だが、お腹が大きくなるにしたがって、齋藤の様子が変わっていった。

「やっぱり無理かもしれない」「おれの収入じゃ生活できない」と気弱な発言が増えた。

「大丈夫、落ち着いたらわたしも働くし」と励ましたが、わたしは齋藤の収入がいくらなのかも知らなかった。

「全部おれが伝えるから」と言われたので、わたしは両親にも黙って過ごしていた。早くに結婚した両親は娘にも同じ幸せを、と信じていた。露骨に「いい人はいないの？」と急かされることもあった。

　孫ができる、と聞いたら両親は驚き、きっと喜んでくれる。家を改築して二世帯住宅に、と提案してくれるかもしれない。もし姉や妹がいたら、軽率だと呆れられそうだ。

一人っ子でよかった、と初めて思った。

ある日、齋藤は携帯電話に出なくなった。

部屋で倒れてやしないかとアパートの部屋を訪ねたが人の気配がなかった。社内にも齋藤との関係は知らせていなかったので、誰にも聞けなかった。何度電話をしても携帯電話は留守電のままだった。連絡が取れなくなって三日目、携帯電話にかけると「解約」の文言《もんごん》が耳に流れ込んできた。

パニックに襲われてわたしは、母に妊娠のことを涙ながらに話した。もう五ヶ月を迎えたと言うと母は仰天し、父は激怒した。三人で齋藤の部屋を訪ねたが不在だったので、父がアパートの仲介をした不動産屋に連絡した。

「齋藤さんなら、出て行かれましたよ。実家にお戻りになるとかで……」

五日前にアパートの賃貸契約を解除し、齋藤は姿を消していた。実家は埼玉だと聞いていたが、肝心の住所は知らない。母は渋る不動産屋に齋藤の部屋を開けさせた。部屋の中は大きな家具だけを残して空っぽになっていた。主《あるじ》不在の部屋で出っ張り始めた腹を両手で抱えながら、その場にへたり込んだ。

好きだったのに何も知らなかった。子どもごと捨てられた、とようやく理解した。

わたしは父に言われるまま会社を辞め、出産に備えた。もう後戻りはできない。ひとりで産んで育てるつもりでいたが、腹のふくらみとともに不安は大きくなっていった。

「孫なんていらない」。両親は孫の存在を認めなかった。

「望まれるところで育ててもらいなさい。それで、なかったことにできるのだから」と母は特別養子縁組の仕組みを淡々と説明した。

皮肉にも経過は順調だったが、予定日を過ぎても産気づかず、ギリギリのところで陣痛が来た。子宮口が思ったように開かず、赤ん坊の心音が弱まった。最後は帝王切開に切り替えて、やっと赤ん坊は生まれた。

「よかったですね、元気な男の子です」と看護師は言ったが、両親は赤ん坊の顔も見ずに帰った。生まれて一週間ほどは母乳を与えたが、別れを告げるまもなく、赤ん坊はよそにもらわれていった。

産後の体は想像以上に疲弊し、母乳があふれ出て、放っておくと乳房は石のように固くなった。痛みと寂しさに泣きながら母乳を搾《しぼ》り出す。わたしは赤ん坊を手放したことを悔やんだ。

それからまもなくして父の胃《い》癌《がん》が発覚した。半年ほど前から痩《や》せ始めていたが、父自身が深刻に捉えず、自覚症状が出てようやく病院に行った時には手遅れだった。別れを覚悟するまもなく、父は逝った。赤ん坊を養子に出して四ヶ月。そろそろ首の据わる時期だと想像していた頃だった。

わたしはその死に動転しながらも「孫を見捨てた罰だ」と心のどこかで父を軽蔑《けいべつ》した。

父の死後、母にも異変があらわれた。
いつも整理整頓されていた家の中が荒れ始めた。「もしかして」と、嫌がる母をなだめすかして病院に連れていくと「若年性の認知症」と診断された。目を離すと何をするか、どこへ行くかわからない。母を見張らなければならない疲弊と罪悪感に苛《さいな》まれ、仕事も生活もままならなくなり、わたしは母を施設へ預けることを決めた。

ところが両親の貯蓄は思った以上に少なかった。患った母に訊《き》いても、答えはおぼつかない。

亡くなって初めて知ったことだが、父は勤め先の大手建設会社が手掛けたマンションの構造偽装が発覚し、経営状態が悪化したタイミングで会社を辞め、退職金でローンを完済していた。その後は通いでマンションの管理人として働いて、生活費を得ていた。我が家が堅実だと思っていたのは、わたしだけだったようだ。

実家は案外すぐに売れたが、想像していた金額よりもずっと安価で、残った貯蓄と合わせても母を希望の施設に入れられないとわかり、自分の無力感をかみしめた。仕方なく東京から離れた地の介護施設に母を預けた。

子ども両親も家も失って、わたしは空っぽになった気がした。とにかく生きるためにと人材派遣会社に登録し、大手通信系企業の受付として働き出した。

たまに母に会いに行くと次第に反応が鈍くなっていくようだった。でも妙なところで意志を示したり、はっきりと話すときもある。施設内で車椅子《いす》を押しながら遅い花見をしていたとき、母は散る桜を眺めて唐突に言った。

「……ろみちゃんはどこ」

「どうしたの、急に」

「ろみちゃんが待ってるから、行かないと」

話しかけてもたいした返事もしなかった母が、すがるように訊いてきた。どこかへ行きたがる母をなだめて部屋に戻った。ベッドに横になっても母は納得していない様子だ。

「ろみちゃん、可哀そうに……」

母は涙ぐんでいる。「ろみ」という名前に聞き覚えはない。独り言のように「ろみ」と繰り返した後、母は黙ってしまった。

「母さん、ろみちゃんて誰？」

涙を浮かべた目は遠くを見つめたままだった。

母が誰かに会いたがっているように、わたしも生き別れた赤ん坊に会いたかった。どこかに血を分けた子がいる、そう思うことで、何の希望もなくただ指を折るだけの日々を越えていくことができた。そのうち養子に出した我が子の情報をネットで探す毎日を送るようになった——。

急ブレーキがかかり、車内に人の雪崩《なだれ》が起こった。

「停止信号です」

太い男の声がアナウンスする。「いたた」「危ないよ」車内では小さな文句の声が飛び交う。

手に持っていた文庫本が、雪崩《なだ》れてきた人に押されてグニャリとゆがんだ。

――偶然青島と再会したのは、会えない子どもが二歳を迎えた春のある日だった。

仕事帰りに桜を見ようと立ち寄った母校近くの外濠《そとぼり》に、懐かしい面影と重なる紺のスーツ姿を見つけた。それとなく近くまで寄り、顔を確認すると勇気を振り絞って話しかけた。

「青島さん、ご無沙汰しております。演劇サークルではお世話になりました」

「……演劇サークルで一緒だった……えっと」

「大倉、大倉玉青です」

強引に青島を学内のカフェに誘った。自分にそんな積極性があることを初めて知った。

大学時代のこと、父が亡くなり母は認知症になったこと――養子に出した子どものこと以外、あふれ出すままに口にすると「へぇ」「大変だったんだね」と青島は慰めてくれた。あの頃はカリスマ的存在の青島を遠巻きに見ている一人だった。その憧れだった人とこうして向き合い、自分の話を聞いてもらえていることが何よりも嬉《うれ》しかった。

「ごめんなさい、自分のことばかり話して……」

　急に恥ずかしくなって、頭を下げた。

「いいよ。お互いに色々あって当たり前だ。偉いよ、玉青ちゃんはさ」

　青島から名前を呼ばれた時、体の芯がしびれた。

「おれは演劇をやめた。今は広告代理店にいるんだ。しがないサラリーマンだよ」

　自虐的な口調だが、青島の笑顔には余裕があった。堅実に安定した生き方を選んだ青島が輝いて見える。ふと自分の許《もと》を去った齋藤のことが頭をよぎる。青島に比べればなんて弱く、みみっちい男だったのか。

　青島は腕を組み俯《うつむ》いたまま、上目遣いの姿勢でこちらを見た。

「玉青ちゃんは、彼氏いないの？」

「いません……青島さんは」

「おれも」

　青島は意味ありげな表情でそう言った。

　その後はしょっちゅう青島にメールし、仕事の相談と称してコンタクトをとり続けた。

　はっきり付き合おうと言われたことはないが、やがて青島のマンションに泊まりに行き、掃除や洗濯、夕飯の支度まで任されるようになっていた。合鍵を渡されたとき、わたしはここまで信用されているという初めての感情に酔いしれた。

「あなた、彼氏に洗脳されているみたい」

そう言ったのは、同僚の伊月《いづき》奈央《なお》だった。

奈央とは昼休憩に出た先のコンビニにあるイートインのカウンターで偶然隣り合った。

普段から口数の少ない奈央とは挨拶程度しか言葉を交わしたことがなく、会話は弾まなかった。わたしも人と積極的に話すのは苦手だ。話しかけるのをやめて前を向くと、正面の窓に二人の表情が映り込んでいた。薄化粧の地味な奈央の顔から自分に視線を移すと、同じように色みの淡い顔がある。

ふと思い立って「伊月さんは彼氏、いるの？」と訊いてみた。

奈央は首を振った。そして「大倉さんは？」と返してきた。

この時を待っていた、とばかりに答える。

「いるわよ」

「へぇ、どんな人？」

「普通の人。大学の先輩なの」

青島との出会い、その後の再会、付き合ってからのこと……次から次へと言葉があふれる。気づくと青島への不満とそれを上回る賞賛の言葉を重ねていた。奈央は話の続きを催促するかのように食べながら頷《うなず》いている。そして、食後のコーヒーを飲み干してからこちらを向き、「あなた、彼氏に洗脳されているみたい」と言ったのだ。

「……え」

「知り合いで大倉さんに似たDV被害を受けた子がいるのよ。彼氏の言いなりになって」

「い、言いなりだなんて」

いきなりドメスティック・バイオレンス扱いをされて、顔が熱くなった。

「言い方を変えると、考えをはく奪されるっていうこと。恋人や旦那の影響を受けて、自分でものが考えられなくなっていくっていうことなのよ。大倉さん、自覚ない？　だったらしかるべき窓口に相談した方がいいわよ」

思わず言いよどんだ。その後、どうやってコンビニを出て職場に戻ったか、記憶がはっきりしない――。

好きな人と同じ小説を好きなのは、感性が似ているということだと思っていた。それなのにいつのまにか自分の考えを奪われ、青島の考えることに正解を見つけようとする思考回路が植え付けられていた。幼い頃から、何も考えずとも舟に乗ったように人生はそれなりに進んできた。でも齋藤とのことがあって、自分自身で考えることが怖くなった。どんな判断にも自信が持てなくなった。

奈央は、青島の言動に一喜一憂するわたしの様子を見かねて言ったのだろう。

愛し合っていると思っていた齋藤に去られ、子どももいなくなった。父は亡くなり、母も病気で娘を忘れかけている。もう青島しかいなかった。心の底から青島に傾倒していた。けれど、自分自身の考えを持てないことを奈央に指摘されたとき、反論できなかったが、彼女がそのように言ってきた理由を勝手にこう結論付けた。

「わたしに嫉妬しているんだ」

青島との仲をうらやんで、あんなことを言っている。

奈央は青島を知らない。決断力があって、頼りがいがあって、自分のダメなところを正してくれる。そのうえ優しい。たまに手が出るが、それは「玉青のことを思っているからだ」と青島は言う。

この人を失ったら生きていけない。

だが奈央の言葉がさざ波のように心の隅々まで広がっているのを自覚したこともある。

出勤前、青島はジャケットの背中にしわを見つけ「おれに恥をかかせるのか！」と怒鳴った。途端に左頰に衝撃が走る。男の大きな手は頰をはみ出して耳まで届いた。叩《たた》かれた衝撃で目の前に星が飛んだ。

　青島は表情を変えなかった。ジャケットにスチームアイロンをかけ直し、青島を送り出してから鏡の前に立つと、殴られた側の目が充血しているのに気がついた。

　出社前に駅前の眼科へ寄ると、医師は言った。

「血管が切れて充血してます。どこかにぶつけたりしましたか？」

「いえ……」

「いずれ治りますが……」

　いったん言葉を切った医師は、声を潜めた。

「警察に相談した方がいいですよ。こちらから連絡してもかまいません」

　殴られた痕《あと》だと眼科医は気づいていた。

「そんなんじゃ、ありません」そう言って席を立った。

　片付いていない家の中を見られたように恥ずかしかった。自分のことをほとんど知らない奈央や眼科医にDVの被害者だと思われている。

　違う、青島は恋人だ。愛されている。いずれ結婚だって……子どもができたらきっと変わるだろう。それにわけもなく暴力をふるうわけがない。わたしが悪いから……。混乱しているからか、足がもつれて、まっすぐに歩けなかった。

ふらつく足に運ばれるようにして、駅のホームにたどり着いた。

足元の白線に見慣れたヒールのつま先が重なる。ラッシュ確定の電車を待つ人々のいら立ちや殺気のようなものを背後に感じる。電車の入線を知らせるメロディが耳に入ってきた。

……まもなく一番線ホームを電車が通過します。

先頭車両が近づいてくる。運転手の表情もわかるほどに。視界でなぜか傾いていく車両を見続けていると、いきなり体に衝撃が走った。

「大丈夫ですか？」

後ろから伸びた男の手がわたしの右の二の腕を摑《つか》んだ。摑まれた腕にぶらさがるように、体は前方に傾いている。

途端に顔に風圧を受けた。目の前を急行電車が通り過ぎていく。

「ごめんなさい、ちょっと貧血で……」

そう言い訳しながら、前のめりの体勢を立て直すと、男の手は離れた。

――今飛び込まれたら、迷惑だ。

並ぶ人々の心の声が聞こえた気がする。

背に刺さる視線を感じながら、各駅停車を待ち続けた。

「ふざけんな！　おれを殺す気か！」

青島の怒声が炸裂《さくれつ》した。

「待って、そんなわけないじゃ……」

持っていた箸《はし》が床に転がった。ともかく青島の怒りの火を消そうと必死に謝り続けた。

夕食に出した味噌《みそ》漬け豚肉の周囲が若干焦げてしまったからだ。

豚肉を食べやすいように切り、キャベツの千切りを添えた皿にのせると、黒い焦げはそれほど目立たなくなったので、そのまま食卓へ出した。でも青島は目敏《めざと》かった。

「おれが死んだら、お前を呪い殺すからな」

皿からこぼれた肉とキャベツを一瞥《いちべつ》して、青島は家を出ていった。

その翌日、怒りの静まった青島から、焦げが発癌物質を含むことを、指摘されて初めて知った。

「ごめんなさい……自分勝手な考えであなたの健康を損なうところだった。本当にごめんなさい」

下げ続ける頭に青島の手が伸びてきた。

思わず身を固くする。殴られると覚悟した。

「いいんだよ、わかってくれれば」

頭をなでながら青島は柔らかな声で言った。

それからも青島は、思わぬタイミングで激高することがあった。怒りの理由を掴めないままとにかく謝り、その後和解するということを繰り返した。青島が怒る度《たび》に怯《おび》え、その後優しくされて報われる思いがした。

「玉青だから本音を出せるんだ」

そう言われると胸がキュッと締め付けられる。抱きしめられる度、青島が愛《いと》おしくなる。

青島とのことを、ほとんど付き合いのない奈央に話せたのは、二人の関係を誰かに知ってもらいたかったからだった。

停止信号が青に変わり、乗り込んだ電車は走り出した。目的の駅に電車が到着すると、扉近くの人から飛び出すような勢いで車両を脱出する。

車両に閉じ込められている間、わたしは自分を何かの物体だと思うことにしていた。工場で自動的に流れていくペットボトルみたいに空っぽでいればいい。何も考えないぬけがらになってしまえば、押しつぶされても、たとえ殴られても傷つかないですむ。

電車が目的の駅のホームに滑り込むと、わたしは心を取り戻す準備を始める。車外に出ようとしたとき、足の甲に重みを感じた。

踏みつける誰かの足は重みを増していく。体は降りようとするのに、踏みつけられた足を動かせずにいると、人の波に押されてわたしはバランスを失った。

見える景色はスローモーションで縦から横に変わった。騒音もあきらかに間延びして耳に入ってくる。こんなに人がいるのに、倒れる方向にいる人たちはわたしを避けて逃げていく。羽流の顔が浮かんで消える。ゆがんだ時空に放り出されて、生まれて初めて死の予感がよぎった。

右腕から硬い床に叩きつけられると全身に痛みが走り、いきなり時空が現実に戻った。

「誰か呼んで」「大丈夫ですか？」「邪魔だよ」知らない声が遠ざかっていく。

早く、あの水の中へ帰りたい、夢の中へ……心がそう叫ぶ。意識は白く濁った水中深く潜っていく。このまま過ごせたらどんなにかいいだろう……。

どこかで自分を呼ぶ声が聞こえた。

「……くらさん、大倉さん、大丈夫ですか」

見慣れぬ白い天井が視界に入った。自分の顔を覗き込む白衣の男性は眼鏡《めがね》をかけている。

「どこ……」

喉がからからで舌が口の中に張り付き、思うように声が出せない。

「ここは病院ですよ。お名前、言えますか？」

男性医師の脇から女性看護師が声をかけた。

病院、という言葉に安心し、もつれる舌を動かし必死に喋《しゃべ》った。

「大倉、玉青です」

「大倉玉青さん、ですね。具合はどうですか？」

医師がベッドを見下ろして訊いた。

「わたし、駅で倒れて……それから」

ボンヤリとする頭に手をやると、包帯が巻かれているのに気づいた。

「切れたところを三針縫いましたが、幸い傷は眉《まゆ》のあたりでちょうど隠れています。大倉さんは車内で足に怪我《けが》をされて、ラッシュの人波に押されて倒れ、右半身を強打されたようです。骨に異常がないかはレントゲンで調べますね。頭はどうですか？」

医師が話す間に看護師は「血圧測りますね」とベッドの左側に回った。

「頭は、痛く、ありません」

「そうですか。でも念のため脳波を調べます。あと気になるところはありますか？」

「重いです……」

「重い？　どこが、どんな感じですか」

「体中が……水から上がったばかりのときに感じるような……」

「重力、でしょうか？」

医師は生真面目《きまじめ》な口調で問うてくる。

「そんな、感じです」

「血圧100の75です」

看護師が告げると、医師はうんと頷いた。

「検査はのちほど行いますから、もう少しお休みになってください」

そう言うと医師は部屋を出て行った。

「大倉さん、連絡されたいお身内のかたはいらっしゃいますか？」

「……父は亡くなって、母は……頼れる状態では……。他に家族はいません」

――青島は、家族じゃない。

「わかりました。先生からもお話があったとおり検査がありますので、念のため今日一日入院していただくことになります」

看護師は何枚も紙を手渡し、大事なところを指さしながら読み上げていく。入院の手続きの説明が続く間、孤独を実感した。一人は心細い。どんな親でもいないよりいた方がましだとも思った。

入院の説明が一通り終わると、看護師は思い出したように言った。

「……そうだ、大倉さんはこれまでに入院されたことありますか？」

「一度、あります」

「いつ頃ですか？」

「五年以上前、二四歳のときに」

「病名は？」

「……出産で帝王切開で入院、ですね」

「五年以上前に出産、帝王切開しました」

　看護師はバインダーを開いて、中の紙に書き込んだ。こういう職業の人は患者のどんな事情にも動じないのだろうか。出産していると知っても、ご主人は？　お子さんはどうしたんですか？　とは訊かない。目の前の白衣の人はバインダーに目を落としたままだった。書き終えると顔を上げて微笑《ほほえ》んだ。

「もう少ししたらまた来ます。何かあったらそのナースコールで呼んでください」

　指さす方向を見ると、壁から伸びるコードとナースコールのボタンがあった。「では」と軽く頭を下げて看護師は踵《きびす》を返した。

　ベッドに横になったまま、入り口とベッドのある空間を仕切る薄いカーテンをそっと閉じる看護師の後ろ姿を見送り、スライド式の扉が開いて閉じる音を聞いた。

　看護師が去ってから、ベッド脇の電動ボタンでベッドの背を起こし、あらためて部屋を見渡す。ベッドの右には備え付けのテーブル、左に洗面台とロッカーがある。窓は一ヶ所。食事などに使う移動式のテーブルが足元にあった。

「大部屋が空いていなかった」と入院の説明中に看護師は言ったが、逆に助かった。個室料の出費は痛いが、見知らぬ誰かと同室で過ごすのは嫌だった。

窓の外はまだ明るかった。時間を確認しようと時計を探したが見当たらない。恐る恐るベッドを下りる。靴がないのでそのまま床に立つと、右半身に衝撃が走り、その場でうずくまった。

そのとき、自分がニットとスカート姿だと気がついた。コートはどこへ行ったのだろう。

ゆっくりと立ち上がって恐る恐る歩をすすめ、ロッカーの扉を開けた。コートがハンガーに掛けられ、肩かけバッグは棚の上に置いてあった。左手でバッグの中を探るとスマートフォンがあった。取り出して時刻を確認する。

13時47分。

着信は一件。会社からだ。個室だからいいだろう、と折り返し電話をした。出たのは伊月奈央だった。

「どうしたの？　来ないから心配したわよ」

「……ごめんなさい。通勤電車でちょっとトラブって、頭を打って病院に運ばれたの」

事情を話すと、奈央はすぐに上司と派遣会社に連絡を入れる、と言った。

「無理はしないで。こちらから伝えておくから大丈夫」

「本当は自分でしなくちゃならないんだけど」
「いいわよ、派遣同士、困ったときはお互い様」
「ありがとう」
心配されたり、親切にされたりするなんて何年ぶりだろう。胸にこみあげてくるものがあった。奈央のはっきりとした口調は苦手だが、誰にも同じように接する人なのだろう。

頭と肩のレントゲンやＣＴを撮ったが、特に問題はなかった。一晩入院し、明朝の診察で問題がなければ退院、と医師は言った。

検査が終わってから猛烈な眠気に襲われて、体の望むまま横になった。一度夕飯で起こされ、食べ終わってから再び眠った。どれだけ寝ても寝足りない感じがする。体がどんより重かった。泳ぎ疲れた後みたいだ。あんまり眠りすぎると夜眠れなくなる、そうわかっていながら、睡眠の誘惑にあらがえない。

消灯は二一時だったが、個室なので起きていても特段咎《とが》められない。一応横になったが、さすがにもう眠気は覚えなかった。

体勢を幾度も変えて横になり続けるうちに、尿意を覚えて仕方なく起き上がった。病院に出入りしているレンタルショップで借りたブルーのパジャマ姿でベッドを下り、ベージュのスリッパに足を入れる。この個室にはトイレがなかった。

部屋を出ると、明かりを落とした廊下の壁にある入院病棟の案内図が目に入った。病室の扉はすべて廊下の左側に面している。廊下の反対側のちょうど真ん中あたりにスタッフステーションがあるのは、各階共通しているようだった。

そろそろと歩いてスタッフステーションの前を通りかかると、夜勤の看護師がカウンターの中のテーブルで書き物をしていた。

「こんばんは」と声をかけられて、軽く頭を下げた。そのままステーション前を通り過ぎて、廊下右手側の女子トイレに入る。

用を足し、手を洗いながら鏡に映る自分を見る。化粧の取れたむくみの目立つ顔がそこにあった。

トイレを出ると、さっきよりも廊下が暗くなったように感じた。再びスタッフステーション前を通ると、先ほどの看護師の姿が消えていた。

「あの、すみません」ステーションの奥へ遠慮がちに声をかけた。明日の退院時間を確認したかったが、待っていても誰も出てこない。

あきらめて部屋へ戻ろうとして、足を前に出そうとすると、思いがけないことが起きた。

意思に反して右足が動かない。

右足――今朝踏まれた方の足だ。検査では骨に異常はなかった。踏まれた傷の痛みもピークを過ぎて、少しの違和感を残すだけだ。重心を右に移して左足を持ち上げようとしたが、こちらも床に張り付いたようになっている。どこも悪くないはずの左足まで動かないのはなぜ――。

何が起きているのかと思って、あたりを見回す。誰かに助けを求めようとスタッフステーションに再び声をかけようとした。

口から出るのは音にならない息だけだった。足も動かず声も出ず、自分の身に何が起こっているのか見当もつかない。ベッドの上ならナースコールを容易に押せるのに、廊下にそんなボタンはなかった。

誰か通りかかるかも、とそのままの体勢で待っていた。廊下の真ん中で立ち尽くす患者を見かけたら、病院職員なら必ず声をかけるだろう。

ふいに時間の感覚がまるでわからなくなっているのに気づいた。人の気配もない。想定外の出来事に戸惑《とまど》い、その場に座り込んだ。

そのとき、急に足が軽くなった。ゆっくりと立ち上がり、膝を曲げて床から足を離すもも上げのような動きを二度繰り返す。動く、と確信してから前に進もうとした。するとまた床に右足が張り付いた。

前に進もうとするから、ダメなのかもしれない。

そう考えて膝を曲げて床から離した足をそのまま一〇センチほど横にスライドした位

置に置こうと試みた。

動く――横には動けるとわかり、そのまま足をスライドさせながら壁際まで移動した。

何かの力が部屋へ帰るのを阻止している。超人的な力が自分をどこかへと動かしている――でも信じられない。一体何に動かされているのか。目をあげると、個室の扉が見えた。スタッフステーションのほぼ向かいにある病室。

自然と手が伸びて、考えるより先に体が動いて扉をスライドする。

一歩中へ入ると、勝手に扉は閉まった。部屋の中は薄暗く、風の音がした。

病室の窓は数センチしか開かない作りになっているはずなのに、風の音と風量からしてこの部屋だけは大きく窓が開かれているようだった。目が暗さに慣れると、入り口からの目隠しで薄いカーテンが引かれているのがわかった。風が吹き込むのに合わせてドレープが大きく揺らめく。奥の開いた窓から満月が見えた。

自分の病室とほぼ同じ作りだが、どこかが違う。でもそれが何なのかはわからない。

誰かいる――。

なびくカーテン越しに、ベッドに横たわる影が見えた。

勝手に人の病室に入ってしまった。部屋を出なければ、と焦ったが足は意思を無視して前へ進む。体はカーテンを避けて、ベッドサイドまで移動していた。

ベッドで眠っているのは、子どもだった。羽流よりもずっと大きいけれど、成人ではない。おそらく小学校高学年か中学生くらいの、女の子。

女の子はまっすぐ天井を向いて眠っている。口元には薄い微笑みをうかべているようにも見えた。頬はふっくらとして病人らしくない。薄い掛け布団で覆われた胸元が呼吸に合わせて小さく上下していた。

枕元に目を移し、ドクターと患者名の書かれたプレートを探したが、それ自体がない。

この子は、誰だろう――。

その時、長いまつげが花咲くように揺れた。何度か瞬《まばた》きを繰り返し、目だけでこちらを見る。

「たまお……」

深い井戸の底から届いたように響く声。声に合わせて、ぷっくりとした小さな唇が動いた。

「ど、どなたですか……」

逃げようにも、足に力が入らない。名前を知られていることに鳥肌が立った。

「……ひろみ。太平洋の洋に、海」

マイクを通したように響く声が、繰り返し見たあの夢を思い出させる。目の前の子――洋海《ひろみ》が話しているのに、どこか別の場所から聞こえてくる声に合わせて口を動かしているように思えた。声の後ろでコポッコポッと海水が泡立つような音がした。

「……ずっとあなたを知っていた。シマイだから」

「え……」

シマイという音が漢字の姉妹に変換されるのに数秒かかった。

子どもでも大人でもない——目の前に横たわる女の子をそっと覗き込む。洋海と名乗った女の子は、また目を閉じた。閉じているけれど目覚めている。ほのかな月明かりに照らされて肌は艶《つや》めいていた。

（疲れたから、直接話すね）

洋海の声は響きをなくし、耳につけたイヤフォンから聞こえるような感覚になった。頭に直接洋海の声が届く。

洋海はこちらの意識に呼びかけることができる——わたしも集中して心の中で話しかけてみた。

（わたしと姉妹って、どういうこと？）

こちらの言葉が通じたらしく、眠る洋海の頬がほんの少し動いた。

（玉青は自分が体外受精で生まれたの、知ってる？）

なかなか子どものできなかった両親が不妊治療をしたということは聞いていたが、体外受精だったとは知らなかった。

（わたしと玉青の卵子は同じときに採卵された）

本で読んだことがある。体外受精は取り出された卵子を受精させ、母胎に戻す。着床すると妊娠が成立する。その際に母胎に戻す受精卵はひとつ——。

思考がまとまるのを待っていたように洋海は話し出す。

（母さんから取り出された卵子はふたつあった。戻されたひとつが玉青になった）

（……わたしの心が、読めるの？）

（玉青が考えていることが自然と流れ込んでくるだけ）

卵子、受精卵という単語は羽流を妊娠した際に耳にした。けれど洋海の話が現実のものだとは思えない。そもそも妹のことをなぜ両親は黙っていたのだろう。

（体は動かなくても耳は聞こえる。玉青にわたしのことを知らせても仕方がない、って……）

再び心を読まれた。嫌だったが防ぎようがない。

（母さんは、もし自分たちがいなくなっても子どもたちで助け合えるように、残りの受精卵をお腹に戻したんだって）

ずっと一人っ子で、弟や妹のいる子がうらやましかった。妹がいたなら……洋海がいるなら教えてほしかった。

（……わたしがいなければ、誰も困らなかった。生まれたのが玉青だけならよかったのに）

洋海の沈んだ声にわたしは顔を上げた。

（違う……洋海のせいじゃないよ。洋海は悪くない）

孫なんていらない、と言った母を冷酷な人だと恨んでいた。もしかしたら母はそのとき、洋海のことを頭の中で重ねていたのかもしれない。病弱な洋海に何もしてあげられないように、生まれた孫が洋海のようであったなら、娘も同じ苦悩を抱えるとわかっていた……。

（わたし、もうすぐ死んじゃう）

洋海は消え入りそうな声で言った。

こんなに小さい妹が自分よりも先に死んでしまうなんて考えられない。わたしは思わず右手を伸ばし、洋海の頬に触れた。夜風にさらされた頬は冷たかった。

自然と体が動いて窓を閉じ、カーテンを閉めようとした。月から放たれる光がまぶしく、少し月に目を留めた。

（ありがとう……窓を閉じてほしかったの）

わたしはベッドを振り返った。

洋海が寒いだろう、と窓を閉じたつもりだった。でも今の行動は洋海からの指令だったのか……。

（指令なんかしてない）

戸惑いと疑問が浮かぶ。なぜここにわたしは——その疑問にも洋海は答えた。

(わたしが玉青を呼んだの。お願いしたいことがあったから)

(……わたしに？)

(玉青にしか頼めないの)

一緒に暮らしたこともなければ、これまで姉妹らしい交流もない。けれど妹だとわかって不思議と愛おしさを感じている……実の妹の命が消えようとしているなら、少しでも助けてあげたかった。

(……あなたの願いは何？)

洋海の唇がほんの少し動いた。

(……体を貸して)

(え？)

(少しの間でいいから、玉青の体を貸して欲しいの)

洋海の言った「体を貸す」という意味を探る中で、今朝聞いたラジオで臓器移植のニュースを伝えていたのが思い出された。移植する者とされる者の体の相性が合わなければ拒絶反応を起こして患者は死んでしまう。だからこそ他人よりも家族、兄弟姉妹との方が移植の安全性が高まる……こうしてわたしが考えていることもすべて、洋海には伝わっているのだろう。

（わたし、ずっとこのベッドの上で生きている。自分の体なのに、自分の思い通りにならない。これって生きてるって言える？　故障して動かない車みたい。こんな体じゃどこにも行けない……だから一度だけでいい。ちゃんとした体で、好きなところへ行ってみたい。自由になりたい）

同じ時期に取り出され受精した卵子同士のわたしたちなら、心の取り換えも可能だというのか——。

（わたしには玉青しかいない。だから玉青の体を……玉青の時間を少しだけ分けて）

（いいよ、この体でよければ）

（……本当に、いいの？）

（うん）

わたしの返事を聞くと、洋海は天井を向いたまま静かに涙を流した。枕元に何もなかったので、右手の人差し指で洋海の両目から流れる涙を交互にぬぐった。

椅子に腰かけて、あらためて洋海の寝顔を見る。幼い妹にほだされて、深く考えもせずに答えてしまった。

でも洋海の涙を見たら、これでよかったと思える。孤立無援のはずの自分に妹がいた。でもその妹もいずれいなくなってしまう。

わたしは疲れていた。母のこと、青島のこと、羽流のこと、何一つ前へ進まないまま……いったい何のために生きているのだろう。こんなはずじゃなかった。

青島に殴られ、発作的に電車に身を投げようとしたあの日もそうだった。苦しむために生きたくなんかない。そんな人生ならいらない。

――楽になりたい。

たった一人の妹のためなら自分のできることはしてあげたい。羽流になら命をあげてもいい、と思うように。

もう一度洋海の涙をぬぐい、髪をなでてやった。泣いたせいで乱れた洋海の呼吸が、次第に規則正しくなっていく。

洋海が眠りに落ちたのと同時に、急に意識がもうろうとしてきた。立っていても容赦なく眠気が襲って来る。睡魔に抗うように踵を返し、部屋を出た。さっきあれほど前に進めなかった廊下を倒れ込みそうになりながら歩き、なんとか自分の個室に戻った。

スリッパを脱ぎ捨てると最後の力を振り絞り、ベッドに横たわった。

* * *

「おはようございます。よく眠れましたか？」

看護師がカーテンを開けると、外光が部屋いっぱいに広がった。

「血圧、測りますね。これ、お願いします」

体温計を差し出された。一瞬考えて、布団から左手を出して受け取る。そのまま左腕を取られて長いバンドが巻かれていく。じっと看護師の手元に見入っていると、看護師が「あ」と声をあげた。

「これじゃ測れませんよね」

左手に握った体温計を取り返すと「右側を打撲されたんですよね。失礼しました。血圧を先に測ります」と体温計をテーブルに置いた。

「１１０の70」読み上げてから腕の長いバンドを外し、あらためて左手に体温計を手渡してくる。

「右脇に挟んでください」

言われるまま、開襟パジャマの襟の上部から体温計を右脇に挟み込む。すぐにピピッと電子音がしたので体温計を取り出した。

看護師に手渡すと「36度３分……平熱ですね」とバインダーに向かいペンを動かした。

「朝食の後、診察があります。それで問題なければ退院ですので、もうしばらくここでお待ちください」

てきぱきと動く看護師に、思い切って訊《たず》ねた。

「朝ご飯はなんですか？」

きょとんとした表情をうかべた後、看護師は首をひねった。

「朝食ですか？　具体的なメニューまではわかりませんが、パンと牛乳は出ると思います」

わぁ、と心の中で叫ぶ。看護師がくすりと笑った。

「パンと牛乳がお好きですか？」

声が漏れていたらしい。急に恥ずかしくなった。

「はい」

看護師が部屋を出て行くのを待って、スリッパを履くのももどかしく、裸足《はだし》のままベッド脇の洗面台前に立った。

鏡に知らない顔が映っていた。

「本当に、入れ替われた……」

洋海は右手で玉青の顔を触った。

指が皮膚を押す。肌が柔らかく指を押し返す。次に両手で顔を覆い、顔の感覚を隅々まで確かめると、蛇口をひねって水を出した。両手で水を掬い、ジャブジャブと顔を洗う。

何度も何度も洗い、その冷たさを味わうように水で顔を包み込んだ。

顔を洗うことが気持ちいい。肌に繰り返し水を浴びせてから、水道を止めた。鏡に映る顔は笑っている。足元は水浸しになっていた。

　その後、運ばれてきた朝食をベッドに備え付けのテーブルで食べた。パン、牛乳、ゆで卵、ハム、スープ、みかん……想像していた味とは少し違ったけれど、どれも美味《おい》しかった。

　何より自分で食べられることが嬉しい。フォークで口に運んだ食べ物を咀嚼《そしゃく》し、十分味わったのちにそれが喉元を通過し、音もなく体の奥へ送り込まれると、手足が温かくなり、体に血が廻《めぐ》るのを感じる。自動的に機能する体に感動すら覚える。

　健康な体ってすごい——洋海にとって、玉青の体はどんな機械よりも精巧な器と感じられた。

　医師による診察を終え、部屋に戻ってから身支度をする。自然と体が動き、軽くファンデーションを塗って化粧することができた。ブラジャーやストッキングは苦しくて違和感があったが仕方がない。洋海にとって初めての行為だったが、深く考えなくても玉青の習慣は体に染みついていて、日常の動作はスムーズにこなせるようだ。服装を整え、少ない荷物をまとめて時計を見ると一〇時を過ぎていた。

　部屋を出てスタッフステーションの前に来ると、今朝血圧を測ってくれた看護師の姿があった。

「退院ですね。お大事に」

「ありがとうございました」

そう言って、ステーション脇からエレベーターホールへと向かう前に、ふと振り返る。

スタッフステーション前の病室――７０７号室。

――あの中の、わたしの体に玉青がいる。

（少しだけ、借りるね）

そう心の中で呼びかけて踵を返し、エレベーターホール前で下りのボタンを押した。

「大倉さん、大倉さーん」

さっき別れたばかりの看護師が追いかけてきた。

「引き出しに忘れ物がありました。はい」

差し出された本を受け取る。

――『走れメロス』、玉青のものだろう。

「お気をつけて」

すぐに看護師は戻ってしまった。ちょうど着いたエレベーターに乗り込み、一階のボタンを押すと本をバッグに仕舞った。

＊　　＊　　＊

看護師の声が自分を呼ぶのが聞こえた気がした。目を開こうとしても瞼は重く、下りたまま。起き上がろうとして、動けないことに気づく。首をひねることもできない。

昨夜《ゆうべ》のことを思い出す。そう、わたしは洋海に体を貸した——。

時間も何もわからない。光のない部屋の、さらに奥まった空間にある——これが洋海の体。

心にサイズがあるとは思えないが、まだ子どもの洋海の体は窮屈《きゅうくつ》だった。昔親子で出掛けたキャンプのときの寝袋みたいな、体にピッタリとくるサイズ。手足を伸ばしたりはできないが、とりあえずは眠れる。

実際の洋海の体は寝返りをうたない。動かない寝袋のようだ。

少しくらい狭くても我慢しよう。いずれ出ていくのだから。

ここは寒くもなく暑くもない、快適な状態が変わらずに続く。そうなると快適というより普通の状態とでもいうのだろうか。

洋海は「少しだけ」と言ったが、一体いつまで体を貸すことになるのだろう。でも貸し出し期限を切るなんてことはしたくなかった。期限を切られたら、せっかく入れ替わっても心から楽しめないような気がした。

洋海にこれまでとは違う体験を満喫してもらいたい。それが少しでも彼女の思い出になって欲しい。

それくらいしか姉のわたしにできることはない。それくらいしか。

＊　＊　＊

病院の向かいにある全面ガラス張りの店の窓に面したカウンターに、小さな子どもと母親らしき女性が座っていた。

やはりガラス張りの出入口から店内を覗く。その間にも若い女性が吸い込まれるように入っていった。中にできた列の後ろに並んでいる。洋海も中に入って、同じように並んだ。

店内の匂い、ざわめき……何も知らないのに並んでいるうちに、ここがファーストフードの店だとわかった。

退院の手続きの際、入院治療費をどう払おうかと戸惑っていたら、脳裏に三つ折りの財布のイメージが浮かび、中に入っているカードが見えた。バッグを探ると、脳裏に浮かんだのと同じ黄色の財布が見つかった。中にあるカードを窓口に差し出して、会計はつつがなく終わった。

「いらっしゃいませ、メニューはお決まりですか？」

順番が来たが、何も決めていなかった。あわててメニューの中の一番大きな写真を指さした。

「キングセットですね。お飲み物はどうなさいますか？」

キングセットの写真の下に、いくつものカラフルな飲み物の写真が並んでいた。どれも飲んでみたかったが、色で決めた。

「これ」

「オレンジジュースですね。少々お待ちください。お会計は六五〇円になります」

さっきと同じ要領でカードを取り出す。

トレーにのせられたキングセットを両手に店内を見回すと、外から見えた親子客の子どもの隣が空席だった。

カウンター席の椅子はハイチェアだった。テーブルにトレーを置き、右足を軸にチェアに座ろうとして、甲に痛みが走った。

(玉青は怪我をしたんだ……)

左足に重心を移して、右足に負担をかけないようハイチェアに腰を下ろす。

――この体は玉青のもの。今はわたしを安全に運ぶ乗り物。

洋海はここまで、玉青の体に宿った記憶に頼って行動している。何か困る度、玉青の感覚や記憶がジワジワと洋海の思考に染みて、その場にふさわしい動作を教えてくれた。長年の生活習慣、ちょっとした会話や挨拶、大人としてのごく普通の対応、玉青の経験がすべてこの体に詰まっている。

今の洋海は泳ぎ方を知らないのに、大海に出てしまった魚のようなものだった。玉青の記憶がなければ、すぐにおぼれて流されてしまうだろう。

逆に言えば、いつも玉青は助けてくれる。洋海は気を取り直して、トレーにのった大きな塊を包む紙を剝《は》ぐ。目を閉じて体の声に耳を傾け、思い切りかぶりついた。この食べものは……。

「ハンバーガー……？」

思わず声が出ると、隣の男の子がじっと洋海を見つめ「そうだよ」と答えてくれた。

「ごめんなさい」子どもの母親は子どもの椅子を自分の方に引き寄せた。

一口目を咀嚼すると、再びかぶりつく。初めてのハンバーガーの美味しさは、朝食のパンの衝撃を軽く超えた。毎日これを食べてもいい、とすら思った。

食べ終えてから、ナプキンで口の周りを拭く。べたつきが残ったので、手の甲を使ってぬぐった。そして周囲の人にならってトレーを片付けてから店を出た。どこからか甘い香りがただよってくる。

「山茶花《さざんか》の香り……」

玉青の記憶が教えてくれた名をつぶやき、洋海は初めての香りを胸いっぱいに吸い込んだ。その時バッグの中から音が聞こえてきた。

音を発している機器を急いで取り出すと、迷いなく緑色のボタンを押して耳にあてた。すべて洋海が考える前の行動だった。

「もしもし、伊月ですが」

「はい」

そう言うと、電話の向こうから「あれ」という小さなささやきが聞こえた。

「あ、すみません、会社の同僚の伊月と申します。玉青さんの携帯ですよね」

「……はい、そうです」

「なんだ……別人かと思った」

「いづき、なお、さん」

――目を閉じて意識を集中する。

この人は……玉青が入院したことを知っている……会社の同僚……伊月奈央の奥二重の目や小さな口、顔のパーツが頭に浮かぶが、ピントが合わずにゆらゆらとぼやけている。

玉青の習慣、記憶は上流から下流に流れる川の水の如く、洋海の頭の中に勢いよく流れ込んでくる。その記憶の水をこぼさぬよう、洋海は自分の心を器にして受け止める。やがて線で描かれたシルエットに陰影が生まれ、奈央の顔の輪郭がはっきりとしてきた。

こうして記憶を送り続けている玉青は、今なにを思っているのだろう。

「……大倉さん、本当に大丈夫？」

いぶかしげな奈央の声に、洋海は我に返った。

「あ、うん。もう平気」

「他人事《ひとごと》みたいに言って」

奈央が電話口で小さく笑った。そして口調を変えると、派遣元の会社と今の職場に玉青が遭った事故と入院については伝えてあるので、明日以降の出欠勤については自分から連絡を入れるようにと言った。

「あ、ありがとう」

洋海は、玉青が社会人だということに今さらながら気づいた——入れ替われた喜びに浸ってばかりいては、玉青に迷惑をかけてしまう。でも「大倉玉青」として応えたくとも、洋海は玉青のことをほとんど知らない。

「じゃあ、わたし戻るから」

奈央が言い、慌ただしく音声は切れた。洋海は機器を耳元から離し、画面が暗くなるまでじっと見ていた。

——奈央さんは玉青の知り合い。この人にそれとなく訊いてみればいいのかもしれない。

顔をあげると、すぐそばの信号で立っている男の人が機器を指で操作している。少し離れた場所には二人の女性がいて、一人は機器に向かって笑みを浮かべ、もう一人は機器を持ったままぺこぺことお辞儀しながら話していた。ふと頭に「スマートフォン」という単語が浮かんだ。

――みんな一人に見えるけど、これがあれば一人じゃない。

洋海は片手に収まる薄い機器で、離れた誰かと繋がれる不思議に想像を巡らせる。

――病室のわたしの体――そこにいる玉青とは離れていても、どこかで繋がっている。

玉青の体が、わたしの心を自由にしてくれた。着心地のいい新しい洋服をまとったみたいだ。

この体ならどこへでも行ける。

自由に動けると、自然と早足になる。思い切り駆け回ってみたい欲望が湧き出てくる。でも右足の甲の痛みがブレーキになって、走りたがる心を押しとどめた。

痛みが取れるまで無理はしないでおこう。

考えてみればどこへ行く当てもない。洋海はいったん立ち止まってスマートフォンをしまい、行く先を考えた。まず、何をしよう。

「ねぇちょっと、いい？」

いつのまにかすぐ近くに派手な開襟シャツ姿の男が立っていた。玉青からは何も伝わってこない。

洋海の返事を待たずに、開襟シャツの男は正面に回り込み、洋海の行く手を遮《さえぎ》る。

「突然だけど今どんなお仕事しているの？　きみさ、週二日、時給五〇〇〇円で働いてみない？」

　話しながら少しずつ近づいてくる男に、洋海は後ずさった。

「絶対お薦めだよ、ともかく一回やってみない？」

　喋り続ける男が怖くなり、通りかかった中年男性に視線を送ると、向こうもこちらを見た。

　――助けて。

　確かに目があったはずなのに、中年男性はすぐにそらして立ち去ってしまった。

「ねえ、とりあえず話そうよ。そこのお店で」

　洋海は肩に回された男の手を振り切って全力で逃げた。あっというまに男の声が聞こえないほど遠のく。それでも足を止めずに走り続けて、少しずつスピードを落とした。

　さっきまで自由が嬉しくて仕方がなかったのに、見知らぬ場所に一人きりでいることが怖くなる。無理に走ったせいで足の傷が痛む。立ち止まってかがみ込み右足の甲を左手でなでた。

　どこへ行けば安全なの……。

　すると自然に両足が動き出した。

　洋海は目に見えない玉青に手を引かれるように、歩を進める。

　最寄りの駅にたどり着き、鞄からスマートフォンを取り出して自動改札機にタッチする。洋海が何も考えずとも体は動き、いつのまにか、滑り込んでくる電車を待ち受けていた。

――さっきは助けてくれなかったのに、いったいどこへ……。

玉青からは何も伝わってこなかった。

電車の扉が開いて乗ろうとして一瞬、足がすくんだ。意識せず右足の甲に視線を落とす。途端に玉青の記憶が勢いよく流れ込んできた。

玉青が足に怪我をしたのは、電車から降りるときだった。見知らぬ誰かに足を踏まれて倒れ、体を床に強打した。周囲を取り囲む乗客たちの顔、ゆがむ視界、叫び声……スローモーションで一部始終が蘇《よみがえ》る。洋海は両腕で自分を抱くような姿勢になった。

――玉青はこんなに怖い思いをしたんだ。

発車のベル音が流れ込む記憶を遮った。

今度は洋海の意識がリードして車両に乗り込むと、背中の後ろで扉が閉まった。車内は空席が目立つ。隅の三人掛けシートに腰を下ろし、ようやく一息つく。

洋海は両手で両ももをさすり、軽く叩く。大丈夫、もう何ともない。

心の中でそうつぶやくと、体は徐々に落ち着きを取り戻した。

――この体は玉青からの借り物、ちゃんと守らないと。

ふと振り返って窓の外に視線をやった。青い空の下、見渡す限り大小の建物で埋まった車窓にしばらく見入る。洋海は生まれて初めて電車に乗った感動に浸っていた。

いくつかの駅を過ぎ、ある停車駅のアナウンスが聞こえると、自然に体が動き、立ち上がった。駅に到着して扉が開き降車する。

自動改札を通り抜け、足は勝手に商店が続くアーケード街へと進んでいった。

多分、玉青の家へと向かっている。そう洋海にも予想がついた。

閉じたシャッターが目立つ商店街を抜け、迷路のような住宅街を過ぎると、幹線道路の向こうにぽつんと褐色の空間が見えてきた。収穫の終わった家庭菜園らしき畑には、茶色い土と、枯れた葉や蔓《つる》らしき作物の残骸があった。

畑の脇を通り過ぎ、洋海は一軒のアパートの前で立ち止まった。

「コーポ白鳥……」

見上げた建物は灰色が基調のアパートだった。

洋海の手は２０２号室の郵便受けに伸びた。中にはチラシ類に紛れて薄い青で縁取りされた封書が入っていた。

表には住所と玉青の名前が、裏には石川《いしかわ》、とある。

玉青から「石川」に関する記憶が送られてこない。玉青も知らない名前なのかもしれない。洋海はひとまず封書をバッグに仕舞った。

外階段を上り、部屋の前にたどり着く。鞄の内ポケットから鍵を取り出し、解錠して扉を開けた。

玄関の狭い三和土《たたき》に靴を脱いでそろえる。上がると右にシンクがあった。ダイニングテーブルの二脚ある椅子の片方にバッグを置いて、もう一脚に腰を下ろした。

壁も天井も板張りで茶色い。テーブルと椅子も似たような色で家電だけが白い、殺風景な部屋だった。立ち上がり、ダイニングテーブルの周りに沿うように狭い台所を歩いて見回した。物が少ない。歩く度にキィッと床の軋む音がする。その音に混じってクゥ、と音がした。

洋海は自分のお腹に目をやる。さっきハンバーガーを食べたばかりなのに、すでに空腹を覚えていた。

「動くと、お腹が減るんだ」

そう独りごつ。空腹は自分の心とは無関係に体が知らせてくるのだ。ふいに笑いがこみ上げた。

――お腹が減るのは生きているからだ。

洋海は食べるものを探して、椅子のすぐ後ろにある冷蔵庫を開けてみた。庫内正面に鎮座する大きめの四角いパックを取り出し、蓋《ふた》を開ける。匂いにはかすかな酸味を感じるが、腐臭《ふしゅう》ではない。

「ヨーグルト……」

青と白のパッケージの文字を読みあげる。

玉青の好物なのかもしれない。洋海は口の中に湧き出る唾液《だえき》を感じた。シンク脇の籠《かご》にあったスプーンを直接パックに入れて、白いヨーグルトを口に運ぶ。

舌がその味を感じるまで、それほど時間は掛からなかった。

たまらず洋海は口の中のものをシンクに吐き出すと、水道水を手の平で掬って何度もうがいをした。

病院の朝食、ハンバーガーにポテト、オレンジジュース、どれも美味しかった。だけどこれは口に合わない。

体は玉青のものだけど、味覚は洋海のものだった。

冷蔵庫内をもう一度探すと、ラップで包まれた半分のりんごがあった。ラップをはがすと、甘い香りがする。恐る恐る齧《かじ》ると、甘酸っぱい果汁が口の中に広がった。安心した洋海は芯ギリギリのところまで齧って、食べられない部分はゴミ箱に捨てた。アルミ箔《はく》で個別包装されたプロセスチーズもふたつ食べた。冷蔵庫の脇に置いてあった袋入りのシリアルを皿にあけて、スプーンで口に運ぶ。パサパサしているが味は悪くない。水を飲みながら一気に平らげた。満腹感と共にこみ上げるものを感じた。

「……気持ち悪い」

欲望にまかせて食べ続けた洋海は、重い胃のあたりに手を当てたまま立ち上がり、横になれるところを探した。

奥の部屋は畳敷きで、天井までの本棚とベッドがあった。カーテンを開けると、外光が部屋に注いだ。窓から見えるのは近隣の建物の壁や屋根、少し離れたところには、帰り道に通った家庭菜園があった。

幹線道路から一本奥まっているせいか静かだ。でも病室と絶対的に違うのは、この明るさだ。寝ても覚めても暗闇だったあのベッドの上だけが、洋海の世界だった。

ベッドに腰掛けて、体をくの字にしたまま横に倒れる。玉青の世界は病院のベッドよりもずっと広い。自力でどこへでも出掛けられる。洋海がずっと得られなかった自由がここにはあった。

ふとベッドサイドの時計を見ると昼の一時を過ぎていた。これまで時間を気にしたことはなかったが、案外時間は早く過ぎていくものだ。

洋海はとりあえず着替えることにして、カーテンを閉じるとコートを脱いだ。

極夜

ずっと昔、テレビで「白夜《びゃくや》」という言葉を聞いたことがある。太陽が一日中沈まない、北極圏や南極圏に見られる現象。

子どもの頃から夜が苦手だった。眠るときは必ず布団にくるまって、手足が外に出ないようにした。体の一部が少しでも出たら、何者かに摑まれてしまう――そんな妄想を逞《たくま》しくし一人で怯えた。でも日が沈まない白夜だったら、夜を怖がらなくていい。それだけの理由で白夜の国に憧れた。

だけど今は逆だ。

たとえるなら極夜《きょくや》の世界にいる。日が昇らず、夜がいつまでも続く国。実際の極夜は冬の間だけだし、雲がなければオーロラがよく見える。でもこの世界はただただ暗い。

洋海はどうしているだろう。

この体に入ってから、時折意識が薄れるようになった。この感じは何かに似ている。考えようとすると、また意識がもうろうとしてしまう。どこまでも深い闇に吸い込まれる。底なしの穴に落ちていくような感覚。

動かない腕を上げ、両手の指を泳がせるイメージをする。

そのうち今の自分にピッタリくる言葉が見つかった。

貧血状態だ。

羽流を産んだあと、出血がひどかったため急遽《きゅうきょ》輸血を受けた。めまいと吐き気を繰り返す今の状態は、血が足りなかったときの気持ち悪さとよく似ている。

貧血なら輸血するなり、鉄剤を飲ますなりするはずだが、そんな処置はされてない。この病室のナースコールはどうなっているのだろう。体の動かない患者には不要ということなのだろうか。

不思議と空腹も尿意も感じない。

洋海と入れ替わってからどれくらい時間が経《た》ったのか……あれ以来時間の感覚はなく、覚えている限り部屋を訪れる人もない。

――このまま洋海が帰ってこなかったら。

そんな考えがよぎる。そんなわけない。洋海がそんなこと……。

今も自分が目を閉じているのか、開いているのかわからない。永遠に続きそうな暗闇の中でも、人は自然と光を探そうとする、そんな感覚を自覚していた。早く朝になってほしい。闇から抜け出たい。夢を見ることもなく、眠りと覚醒をただ繰り返す。生きている実感がなかった。

この不安や孤独は、洋海がずっと抱えてきたものだ。一人で、誰とも話すことのない孤独。そんな重荷を少しでも軽くしてあげられるのは自分しかいない。

羽流と同じ、大事な身内、たった一人の妹なんだから。

自分に言い聞かせ、どこからか噴き出してきそうな不安を息と一緒に呑《の》み込む。

ここにいる間は、洋海の孤独に存分に浸ろう。それしかできないのだから。

＊　　＊　　＊

洋海は体に走る鈍い衝撃で目が覚めた。

あたりはほの暗い。床を両手の指で確かめる。畳敷き——ここは、玉青の部屋だった。洋海は腕で体を支えて上半身を起こした。ベッドから落ちていたらしい。

昼すぎに帰宅し、やみくもに空腹を満たし、着替えるついでにシャワーを浴び、浴槽に湯をためてゆっくりと浸かった。体が自由になったらやってみたかったことのひとつが入浴だった。狭い浴室の小さな浴槽に体を縮めて入る。じんわりと体の芯から温まり、これ以上なくリラックスして心から伸びやかになれた。

風呂から上がると部屋着がわりの長袖Tシャツとジャージーパンツ姿になって、ほんの少しのつもりでベッドに横たわった。

——あんまり気持ちよくて、そのまま寝てしまったんだ。

立ち上がると、腰高窓にかかるカーテンを両手で開いた。一気に部屋に光がさし込む。空は青く、どこからか鳥の鳴く声がする。のどかさに浸っていると、ダイニングの方から物音が聞こえた。

音の正体はあの薄い機器――スマートフォンをバッグから取りだすと画面に不在着信「ファイバーネット」とあった。日付が変わっているのに気づいて、息を呑む。

「……連絡してない」

伊月奈央から、明日の出欠勤については自分で連絡するようにと言われたのを思い出した。

――どうしよう……。

そう思った途端、自然に指が動き、電話をかけていた。

「もしもし、派遣スタッフの大倉です……」

電話で先方と話す間、洋海は手持ちぶさたに、対応する玉青を観察していた。

洋海の心は玉青の体と一体化しているから、観察というのは妙な表現だが、玉青の記憶や習慣に頼るとき、洋海は少し離れた場所から玉青を眺めているような感覚になる。玉青の体を守っているつもりだったけれど、本当は玉青に守られている。困っているといつも助けてくれる。

洋海は頼もしく玉青を見上げるような思いだった。

そのうちイタズラ心が働いた洋海は体をそろそろと洗面台の前まで移動させて、電話中の姿を鏡に映してみた。玉青の体は洋海の思い通りに動いた。鏡の中の玉青の姿を、玉青の目を借りて洋海は見ていた。

「はい、はい……明日は出社します。ご迷惑おかけしました……申し訳ありませんでした……」

鏡に向かって一礼すると電話は終わった。顔をあげると玉青の気配は波が引くように消えていった。何も言わずにあらわれ、用が終わるとさっと消えてしまう。

洋海は玉青の気配が消えていくのを寂しく感じた。

翌朝、洋海が家を出ると、足は駅とは反対方向へ向かった。

電話では出社すると言っていたのに、といぶかしく思ったものの、洋海は玉青の会社の場所さえ知らなかった。やがてたどり着いたのは保育園の前だった。

——どうして保育園に？

「おはようございますー」

園庭を小走りでこちらにやってくる若い女がいる。

「二日間もいらっしゃらなかったので、どうされたのかと心配していました」

「はぁ……」

玉青は毎日ここに来ているのだ。いったいなぜだろう。

若い女は思い出したように軽く手を叩いた。

「そうそう、突然なんですけど、大倉さんにお願いしたいことがあるんです」

「……わたしに？」

女は胸ポケットから小さなカードを取り出した。手作りの名刺だった。

「辻、由紀乃さん」

胸のバッジにも「ゆきのせんせい」と書いてあった。

「わたしのメールアドレスです。すみません、今くわしくお話ししている時間がなくて。ここに空メールをいただけたら、お願いしたいことを書いてお返しします」

「ええ……わかりました……」

勢いに押されるように返事をする。由紀乃はぺこりと頭を下げると、ちょうど登園してきた子どもの許へ駆けていった。

取り残された洋海の足は自然と園庭に沿って進み、木陰で歩みを止めた。玉青は何かを待っているようだ。ここに来て毎日何をしているんだろう。

電動自転車の列の中から、誰かを探しているようだ。遠目では男の子か女の子かの違いくらいしかわからないが、赤いヘルメットをかぶった子どもが園庭に飛び込んできたとき、視線はその子どもに釘づけとなった。

目頭が熱い——あの子から目が離せない。

ハル……羽流……わたしの子——。

思わず声が漏れそうなほど驚いた。

玉青に子どもがいたなんて……一昨日風呂に入ったとき、お腹に大きな手術痕を見つけていた。

「おはよーハルくん」

「ゆきのせんせい、おはよー」

羽流を迎えた由紀乃がチラッとこちらを見ると、羽流も洋海の方を見た。

洋海は大きく手を振った。由紀乃が羽流に何か話しかけると、ぎこちなく手を振り返してきた。そして由紀乃に向き直ると、二人で建物内に入っていった。

洋海は羽流を見送ると、駅へ向かって歩き出した。斜め上を見上げながら、病室の玉青に向かって独り話しかける。

「ハルくん、手を振ってくれたよ」

さっき羽流に手を振ったのは、洋海の意思だ。これまで玉青は羽流をただ見つめるだけで、手を振ることもできなかった。

——だからわたしが手を振ってあげたよ。

遠くから見ているだけじゃ、いつまで経っても気づいてもらえない。たとえ母だと名乗れなくても、手を振るくらいかまわないはずだ。洋海はそう思ったから手を振った。

玉青だって嬉しいはず——。

　と、洋海が考えられたのは、そこまでだった。

　いきなり思考の中に玉青の気配が広がってきて、洋海の意識は隅に押しやられていった。晴天に雷雲があらわれて天気を急変させていくみたいに。

　玉青の気配はこれまでになく強い力で体を支配しようとする。有無を言わさぬ力に一瞬抵抗を覚えたが、洋海は呆気なく屈する方を選んだ。

　洋海には、会社の場所も仕事のこともわからない。何もできないなら玉青にまかせるしかないのだ。何もできない子どもは、大人に従うしかない。

「おはよう」

　会社のロッカールームに入ると、すでに伊月奈央がいた。

「もう平気なの？」

「あ、はい」

　奈央はロッカーの扉裏の鏡でメイクを直し、手で髪をなでつけると「お先に」と部屋を出て行った。

　受け答えしたのは洋海じゃなかった。長年の体の主である玉青の記憶や習慣が機能している。洋海はただ体《そこ》にいればいいだけ。制服に着替えて、化粧を直してロッカールームを出た。

洋海は、玉青の体が動くがままにゆだねて、リードで引かれたペットの犬のようにそばにつかえてその日一日を過ごした。

勤務を終え、再びロッカールームに戻って、スマートフォンをいじっていると後ろから奈央の声がした。

「お疲れさま」

「あ、お疲れさま……」

「……どうかした？」

「画面が切り換わらなくて……壊れたみたい」

「スマホ？　貸して」

洋海が手渡すと、奈央はいったん電源を切った。

「調子悪い時は、電源を入れ直すといいわよ……ほら動いた」

奈央からスマホを受けとり、画面を確認する。

「ありがとうございます！」

「いいのよ……時間あるなら、これから食事でもしない？」

奈央の誘いに、洋海は「はい」と頷いた。

——何で誘っちゃったんだろう。

奈央はうしろを歩く大倉玉青のペースを気にしながら思った。つかず離れず、きょろきょろとあたりを見回しながらついてくる。

サクラもこんな風だったな、と思い出して小さく笑う。小学生で飼い始め、共に育った柴犬が死んだとき奈央は一七歳。悲しみのあまり二週間ほど食事が喉を通らなかった。サクラが生きている時よりも死んでから、いかに自分がサクラを愛していたかを思い知った。

あれ以来、犬は飼っていない。

サクラとの散歩は平和だった。あの日に戻ったようなおだやかな気分になる。振り返ると玉青と目があった。

「焼き鳥でいい？」

「……はい」

そう返事してきたが、あいまいな感じがする。——無理させたかな。

玉青の帰る間際の表情が妙に寂しげに見えて、放っておけなかった。奈央はこれまで社内の人と食事などしたことはない。よくわからない相手に気を遣うくらいなら、一人でいた方が楽だ。

ややあって会社にほど近いチェーン店の居酒屋に着いた。店内は会社帰りと思われる面々ですでにほぼ満席になっていた。店員に案内されたカウンターに並んで座る。

「ビールでいい？」

「うん」

「たまに一人で来るのよ。とりあえずわたしのおすすめを頼んじゃうわ」

生ビールに続いて、店内に掲げられた黒板のメニューを見て、品名をいくつか読み上げた。頼み終わるとまもなく、生ビールが届いた。

奈央は周囲の音に負けないように声をあげた。

「カンパーイ」

玉青もグラスを持ち上げ、奈央のグラスと軽く合わせる。奈央はすぐに飲み始めた。動く奈央の喉元に見入りながら、玉青はグラスに口を付けた。

「苦い……」

玉青のつぶやきを「当たり前じゃない」といなしてから奈央は訊いた。

「ねぇ、なにかあった？」

「……え」

「わたし、大倉さんのことをまだよく知らないけど……事故に遭ってから少し変わった気がしたの」

「そんなこと、ないよ」

　玉青はドギマギした様子で、テーブルに置いたグラスをおもむろに持ち上げてもう一度口を付けた。

「やっぱりおいしくない……」

　グラスを置いた玉青の顔を覗き込んだ。

「だったら無理しないで他のもの頼んだら」

　奈央はドリンクメニューを手渡す。受け取った玉青は迷わず指をさした。

「オレンジジュース？」

「うん」

　奈央は店員を呼ぶと、オレンジジュースを追加した。再びビールに口を付けた奈央は、少し考えて「あ」と声をあげた。

「わかった、大倉さんの話し方とか、表情が」

「……うん」

「前より若返ったみたい」

　玉青は声を潜めて言う。

「……前は違った？」

「前って言っても、大倉さんとちゃんと話したのはこないだが初めてでしょう。それも割とヘビーな内容だったからね」

　玉青はじっと奈央の目を見て聞いている。どんなときも自分を信じ切っていたサクラのような目だった。

「あのときはごめん。わたし、言い過ぎた。つい余計なことを言ってしまうの」

「……はい。大丈夫です」

　玉青の屈託のない笑顔に拍子抜けした。前に話したときは、どことなく陰りがあって、とげとげしくもあったのに。

　ともかく謝ってしまうと、奈央は気が楽になって急に打ち解けた。そのうち酔った勢いもあって自分のことを話し出した。

　奈央は福岡出身で中学から始めたバスケットボールでめきめきと頭角をあらわし、スポーツ推薦で東京の大学に進学した。しかし在学中に足の靱帯《じんたい》を損傷し、そのまま部も大学もやめてしまった。苦い思い出だった。

「自分の体に裏切られて、やる気が失《う》せて……でも日常は続くし、バスケやめた後は、世界中を放浪して色々さまよった末に今の仕事に就いたんだ」

玉青は出されたばかりの焼き鳥の盛り合わせから、つくねを選んで一口食べて言った。

「……せかいってひろい？」

「世界？……そりゃ広いわよ。大倉さんは旅行好き？」

玉青は首をかしげて、つくねを咀嚼しながらあいまいに笑った。

「なんかわたしばっかり話しちゃって、大倉さんのことも聞かせてよ」

「え……と」

つくねを食べ終わると串を皿の端に置き、両手でグラスを包み込むようにして考える。

「……自分のこと、よくわからないから」

奈央は皿のねぎまを一本取った。

「……まぁ、たしかに自分のことをよくわかっている人なんていないよね」

比較する者がいて、自分という人間がわかる。玉青といると、自分の中にある母性のようなものが刺激された。

「大倉さん、こないだは少し斜に構えた感じがしたけど、今の方がいいわ」

「本当？」

「うん。わたしはそう思う。また余計なこと言った？ 我ながらはっきり言いすぎなのよね」

「はっきり言ってくれて嬉しい」

手を止めずに玉青は食べ続け、焼き鳥の皿が空いた。すると玉青はおずおずと口を開いた。

「さっきの、もっと食べていい？」

「つくね？　いいけど他にもあるわよ」

「つくねがいい」

「子どもみたいね」と奈央は苦笑しながら、つくねを単品でオーダーした。結局玉青はさらに一皿つくねを追加し、すべて一人で食べてしまった。

「今日は事故のお見舞いと、言い過ぎたお詫《わ》びだから」

玉青がトイレに立っている間に会計を済ませ、店を出てから言った。

「ありがとうございます」

玉青は生真面目な声で大げさなくらい頭を下げた。

「そんな、いいわよ」

「伊月さん……奈央さんて呼んでいい？」

「かまわないけど」

「よかったぁ」

率直な玉青の反応に照れ臭くなったが、「よろしく、玉青さん」と右手を差し出した。

* * *

「じゃ、また来週ね」

駅で奈央と別れたあと、洋海は電車に揺られて帰宅の途についた。

やっと一日が終わった。玉青と入れ替わってから三日が過ぎようとしている。めまぐるしく時が過ぎていく。

これまでとは時間の流れ方がまったく違う。病室のあのベッドの上は、時が止まったもう一つの世界だった。

止まった時間の中に閉じ込められていた……玉青が来なければ今もあの世界にいた……洋海の背中がゾクリと震えた。

あのとき玉青の心は空っぽになりたがっていた。自分では気づいていなかったかもしれないけれど、玉青は死にたがっていた。

洋海もまた自分の死が迫っているのを自覚していた。なんとかして運命から逃れたかった。

そんな玉青のぬけがらのような心と、洋海の心は入れ替われた――。

保育園で見た玉青の子ども……あの子と離れている理由に関して、玉青の記憶は送られてこない。だけど羽流こそが玉青の生きる拠《よ》りどころなのだとわかる。自分の子どもと一緒にいたい――叶《かな》わない夢を持ち続けるのは、夢がないことよりずっと辛《つら》いだろう。

「父さん、母さん」

洋海は久しぶりにそう呼びかけた。

寝たきりの洋海は、二人が見舞いに来るのを何よりも楽しみにしていた。だからこそ二人が帰るときは一層辛かった。

両親は話しかけても反応を見せない娘を不憫《ふびん》に思い、いつも悲しんでいた。その悲しみの気配は二人が帰ったあとに残る。その気配は病室のベッドに横たわる洋海を苦しめた。

――ひとりはいや、ここから出して。

動けない体の中で悲しみが大きく波打ち、荒れる心が収まるまで、洋海はじっと耐えるしかなかった。

やがて二人のやって来る回数が減っていった。最初に父が、そのうち母が来なくなった。洋海は悟った。両親が来なければ悲しみの波は起きない。荒れ狂った心が凪《なぎ》のような平穏を取り戻すまで待たなくていい。その方が楽だった。

両親を忘れたわけじゃない。だけど思い出せば悲しくなる。激しい感情を堪え、巻き起こる感情の凪を待つようにしているうちに、いつしか両親の記憶は薄れていった。

そうだ、玉青に両親の居場所を真っ先に訊くべきだった。今なら会いに行ける。この体のまま「本当は洋海だよ」と言ったら、二人はどんな顔をするだろう。

　思考を遮断するように着信音がして、スマホを確認する。

（出張から戻った。今どこにいる？）

「LINE」と書かれた新着メッセージが表示され、着信相手は青島。名前を見た途端に呼吸が浅くなり、洋海は胸が苦しくなった。

＊　＊　＊

　ピントが合わない視界が急にはっきりとした。と言っても、何かが見えるわけじゃない。相変わらず世界は闇に包まれていた。でも意識はクリアになり、血が体を巡っている感じがする。起き上がれそうな気がしたが、体はぴくりとも動かなかった。

　洋海はどうしているだろう。羽流に逢《あ》っただろうか。あと青島にも——。何も説明しないまま入れ替わってしまったのが悔やまれる。

　事故に遭う前の、奈央の言葉を反芻《はんすう》する。

（あなた、彼氏に洗脳されているみたい）

　そう言われたときには反発を覚えた。けれど今は冷静に受け止められる。自分の体を離れて、やっと客観的になれた。

青島はたぶんわたしを愛していない。失うには惜しい、便利な存在。彼の言動や表情を思い出すと、きっとそういうことなのだろう。

奈央が青島と自分の仲を嫉妬している……そんな風に考えた自分が本当にバカだった。

齋藤と羽流を失い、父がいなくなり母も頼れなくなった。誰かに依存し、年を重ねて何も決めてこなかった自分のひ弱さを悔やんでいた。何の変哲もない自分にどうしても自信が持てない。だからこんな自分でも無条件に愛してくれる人が欲しかった。青島と一緒になれば、すべて解決する。そう思い込んで、直視せずただ逃げていただけだ。

目頭が熱いのは、涙のせいかもしれない。

初めて会ったときの洋海も泣いていた。あのときはこぼれる涙をぬぐってあげた。洋海はどれだけ泣いても、自分で涙をぬぐうことすらできなかったのだ。

涙が流れるまま、もっと強くなりたいと願う。力の入らない両手を心の中で握りしめた。

振り向かない男

――つまんねえな。

青島は箱から煙草《たばこ》を一本取り出し、口にくわえて火をつける。ふと目の前の灰皿を見ると、吸いかけのものがあった。さっき火をつけたばかりの煙草だ。

嫌な出来事が蘇り、煙を吐くと口の中が苦くなった。

「お待たせしました」

バーテンダーが灰皿の脇にグラスを置いた。彼が離れるのを待って、忘れていた灰皿の煙草をもみ消す。

ここ数ヶ月関わってほぼ決まりかけていた案件が、ライバル会社にさらわれた。社では「おれは振り向かない男だ」と笑い飛ばしたが、案外ショックだったことを自覚している。

残念会と称して社の連中と食事をした後、なじみのバーへ立ち寄った。ネクタイとシャツのボタンをひとつ外すと、前髪を手櫛でかきあげる。

――またチャンスはある。運が悪かっただけ。

心の中で繰り返すほどに心に泥が積もっていくようで息苦しくなる。胸元に手をやってボタンをもうひとつ外した。

青島は半分ほどになった煙草を消してから、ウイスキーのソーダ割を飲み干す。スマートフォンを見ると、呼び出してから三〇分ほどが過ぎていた。

――遅い。

新しい煙草に火をつけようとしたとき、スマホが震えた。玉青からのメッセージだった。

（着いた）

さっきまでのムシャクシャした気持ちが静まった。青島は鞄を手にし、地下にあるバーの扉を開け、やっと一人通れる程度の階段を上がった。

玉青が不安げに立っているのが目に入った。その心もとなげな姿に妙にそそられる。

「よぉ」

わざと大きめの声をかけると、玉青は目を見開いてこちらを見た。

その瞬間、青島は玉青の表情から目が離せなくなった。驚いたように瞬きをする玉青の両目に顔を近づける。すると玉青は後ずさるように体を引く。

青島は強引に片手で玉青を抱き寄せた。背中に違和感が走った。

――違う。

青島は体を離して、玉青の顔を覗き込んだ。

「……どうした？」

もう一度顔を近づけると、玉青は目を伏せた。肩に力が入っている。離れたがっているのがわかった。

「なんだよ、体調でも悪いのか……」

決まりが悪くなった青島はごまかすように軽薄に笑った。腕の力を抜くと、玉青の体はスルリと逃げた。

――そんなに嫌がらなくても。

あきらかにいつもと反応が違う。玉青は青島が何をしても受け入れていたし、乱暴に扱われることすら愛されている証《あかし》だと喜んでいたではないか？　それが今日はまるで別の女のようだった。

当惑を隠し、青島はズボンのポケットから小さな巾着袋を取り出した。

「これ、フィレンツェ土産《みやげ》」

「フィレンツェ……」

「こないだ出張で行くって言ったろ」

青島はそう言いながらも、海外出張を玉青に伝えたかどうかの記憶はあいまいだった。

恐る恐る手を差し出す玉青に、青島は押しつけるように握らせた。

「ありがとう」

「玉青に似合いそうだったんだ、見てみろよ」

白い小さな巾着の中には青い石のついたピアスが入っている。

「いいだろう」

玉青は手の平にピアスを載せて、街灯にかざす。楕円形の青い石が揺れるシンプルなデザイン。

「きれい……」

うっとりとピアスを眺める横顔を見て、やっぱりいつもの玉青だと青島は安心した。

「それと、これも」

左手に持っていた革の鞄を、玉青の空いた手に押しつけた。ピアスと違ってずっしりと重かったせいか、玉青は体のバランスを崩した。

「青島さーん」

呼びかける声の方を振り返ると、白いブラウスにタイトスカート姿の女がやってきた。

「遅かったな」

青島は片手をポケットに入れ、もう片方の手をあげて応えた。

女は風で乱れた髪を片手でなでつけて笑顔を見せた。

「いきなりの招集だったじゃないですかぁ。わたしにだって予定あるんですからね……

お知り合いですか」

「あ、あぁ」

青島は玉青に見せつけるよう、女に耳打ちする。

「なるほどぉ」

女は青島の声に耳を傾けながら、玉青を見て笑みを浮かべた。女に意地の悪い表情を向けられているのに、玉青は動物でも観察するように女をまっすぐ見つめ返していた。

その視線の強さに女は戸惑い気味で青島に言う。

「……じゃ、わたし店に入っていますね」

玉青にぺこりとおざなりに頭を下げると、女はヒールの音を軽快に響かせて階段を下りていった。青島は女を見送ってから、玉青に向き直った。

「悪いけど、その荷物を部屋に運んどいて」

「え」

「また連絡するから」

そう言い放って地下の店へと戻る。

――あんな表情、初めて見たな。

青島は女と飲んでいる間、玉青が女の顔を見つめ返す表情を何度も思い浮かべていた。

＊　＊　＊

青島という男から鞄を預けられた洋海はしばらくその場に立ち尽くしていた。

――どうしたらいいの。

呆然《ぼうぜん》としている洋海は、急に玉青の気配が首をもたげたのを感じた。

やたらと重い革の鞄を左右の手で持ち替えながら、足は明確な意思を持ちどこかへと向かっている。洋海は憮然《ぶぜん》としながらも体に従うしかない。

電車を乗り継いで目的地らしき駅で降り、改札口から歩いて数分、迷うことなく高層マンションへと入っていく。鞄に仕舞ってあった鍵を使って部屋に入る。

玉青の部屋とは全く違う。物が極端に少なく、白い壁と赤っぽい照明が広がる部屋。

玉青はどこに何があるのか、すべて把握しているようで、鞄をリビングの一ヶ所に置くと、部屋の片づけを始める。といってもテーブルの上に散らばるダイレクトメールを集めて、シンクにあるグラスを洗い、寝室とリビング、洗面台のゴミ箱からゴミを袋に集めて玄関に置くくらいだ。疑いの余地なく、青島の部屋だろう。

――あの青島という人は玉青の恋人……。

抱きしめられた感覚が蘇る。食べ物と酒の混ざり合った強烈な匂いに思わず息を止めた。浅黒い肌に白い歯、焦点が定まらないような目で見られて、背筋が冷たくなった。

――気持ち悪い人。

きびきびと動く体を、洋海は意識的に止めると、洗面所で手を洗い、うがいをした。

一息ついてリビングに戻ると、ガラスの扉に明かりが反射しているのが気になった。洋海はガラスの扉の本棚の前に立ち、そっと扉をスライドして開け、一冊の文庫本を人差し指で棚から抜き出した。

走れメロス――。

退院の際に看護師から「忘れ物」と渡された本。バッグに入れっぱなしにしていたのを思い出した。青島の本は玉青のそれより古びている。パラパラとページをめくると、あちこちに黒い線が引かれていた。一体どんな内容なのか気になる。

青島と玉青の共通点である『走れメロス』に、玉青の心を知るヒントがあるのかもしれない。

ゴミ袋を持って青島の部屋を出る。建物一階の収集室に立ち寄ってゴミを置く。マンションのエントランスを出るころ、玉青の気配は霧のように消え去った。

洋海には、玉青が青島を思う気持ちが全くわからなかった。青島は玉青を大切にしているようには思えない。

そんな青島の言いなりになっているのはどうしてなのか。

玉青の意識は送られてくるのに、話せないのがじれったい。今の玉青が何を思い、どう考えているのかを知りたい。

体だけじゃなく、玉青が過ごすはずだった時間も借りているのだから。

洋海はバッグに入れっぱなしだった『走れメロス』を取り出した。

＊　＊　＊

イメージの中でとはいえ、空に手を伸ばすのは何度目だろう。あんなに眠っているのに、またすぐに眠りの世界へ引きずり込まれ、意識は即座に遠のいていく。見えない意識はふわりと柔らかで、摑もうとすると逃げていった。

洋海と入れ替わる前に、繰り返し見た夢の意味を考えていた。

心地よい水の中にいるあの夢は、今の状態と似ている。水中をたゆたっていた……最初は窮屈に思えた洋海の体だったが、段々馴染《なじ》んでくると深く包み込まれるようで心地よくなってきた。時折貧血みたいな状態になってしまうが、それ以外のときは痛くもかゆくもなく快適だった。

中学生のとき、父と伊豆《いず》の海に潜ったことを思い出した。夏休みに両親と伊豆を訪ねて、生まれて初めてダイビングを体験した。

父のあとについて潜っていくと、海の青色がどんどん濃くなっていった。浅瀬で見かけた小さくカラフルな魚の姿は消えて、砂色や黒々とした魚が唐突にあらわれた。

　なんだか気味が悪くなり、早く上に戻りたくなったが、父は悠々と泳いでいくのでついていくしかない。

　父に続いて大きな岩の脇を通り抜ける際、岩陰からあらわれた灰色の大魚と鉢合わせしてしまい、恐怖からパニックになりかけた。父がすぐそばにいて落ち着かせてくれなければ溺れていたかもしれない。

　海から上がるとウェットスーツを脱ぎ、水着のまま、父と船着き場近くに備えられたお湯に浸かった。廃船を利用した湯船は、ダイビングで冷えた体を温めてくれた。

「これって本当の湯船だね」

「そうだな」

　青空を仰ぎながら入る湯船に、それまでに感じたことのない心地よさを感じた。中学生になってから、父とうまくコミュニケーションが取れずに、ちょっとしたことでも口げんかをして険悪になることが増えていた。父からダイビングの感想を訊かれ、解放感に包まれたせいか、いつになく素直に答えた。

「すごく楽しかった。深いところはちょっと怖かったけど」

　大きく口を開けた魚に食われてしまいそうに感じられた恐怖を思い出した。

「でも、人間が自分たちのテリトリーにあらわれて迷惑なのは、魚の方なのかもな」

　あの魚は、いきなりあらわれた人間に怯えていたのかもしれない——そんな風には考えていなかった。

「海は地球の七割を占めるのに、まだまだ人間は知らないことが多い……海に入ると、知らず知らずのうちに人間は傲慢になっていると実感する」

父は遠く水平線を見やった。そしてこんな話をした。

「玉青の名前は、母さんが玉、父さんが青とつけて、合わせて玉青にしたんだ」

「前に聞いた。玉は宝石って意味で、青は海のことだよね。玉はわかるけど、海ってどういう意味なの」

父は視線を娘に戻し、お湯を両手で掬って、こぼしながら言った。

「……海は未知なるものを抱えている。海は深く、なんでも受け入れる」

「ふーん」

父は口元に笑みを浮かべたまま、それ以上の解説はしなかった。

あのとき父さんが言っていた海がさすのは、もしかしたら――。

そのとき、扉が静かにスライドを始めた。そして閉じる前に、来訪者が洋海だと確信した。

＊　＊　＊

見下ろすベッドに横たわっているのは、子どもというには大きすぎる、でも成人ではない洋海自身の体だった。暗さに目が慣れるのを待って、口を開いた。

「玉青」

しばらくして水の音に混じって声が聞こえた。

（洋海……どうだった？）

洋海も心の中で玉青に呼びかける。

（どうって）

（わたしの体の居心地）

（楽しいよ、すっごく）

（よかったね）

洋海がベッドサイドの椅子に腰掛けると、玉青は待ちきれない様子で話し出す。

（どれくらい経った？　入れ替わってから。ここにいると時間の感覚がわからなくなるの）

（それ、よくわかる。寝ても覚めてもなんにも変化がないからね）

玉青は小さく笑った。

（入れ替わって四日、かな）

洋海の言葉に、玉青は一瞬言葉を詰まらせた。

（そう……四日。もっと長く感じた）

洋海は椅子に座り直すと体をかがめて、ベッドに顔を近づけた。

（その四日間、玉青がずっとわたしを助けてくれた）

（わたしは……ずっと体《ここ》にいただけで、なんにもしていないよ）

洋海が奈央のこと、仕事のこと、思いつくままに報告すると、玉青はしばらく考え込んでから話し始めた。

（長年の習慣になっていることは、特に考えなくても体が覚えて動いたりするけど、そういうことかしら）

（冷蔵庫にあった、あの白いドロドロした食べ物……ヨーグルト？　わたし、好きじゃない）

洋海のすねたような言い方に玉青は苦笑する。

（無糖だからかしら。グラノーラにかけて食べるの。バランスの取れた食事なのよ）

洋海はベッドの周囲を歩いて、自分の体を眺めた。そうして再び椅子に腰を落ち着ける。

（あのね、わたしが困っていると玉青の記憶が水みたいに頭に流れ込んでくる。それでちゃんと体が動くの）

（へぇ……）

玉青は洋海の体験を面白がりながら聞いている。

（玉青の記憶が流れ込んできて、色々教えてくれる……ハルくんのことも）

（……羽流のことも）

（玉青に子どもがいるって知らなかった。保育園でわたしが手を振ったら、ハルくんも手を振り返してくれたの）

（羽流が……）

玉青はいきなり涙声になった。羽流に会えないことを悲しんでいるのか、手を振ってくれたことに感激して泣いたのか、洋海にはわからなかった。

（由紀乃先生とも話した。玉青に頼み事があるんだって）

（わかった。他になにかあった？）

バッグから封書を取り出す。

（これが届いていた。あと由紀乃先生に渡された名刺）

（今ここで渡されても、確認できないわよ。動けないのに）

（そっか）

玉青が発言する前に、洋海は間髪《かんはつ》いれずに訊いた。

（あのね、父さんと母さんは？）

そのとき、洋海の心は強い風が吹くような衝撃に襲われた。玉青は言葉でなく、記憶で直接真実を伝えてきた。

（……死んじゃったの？）

若年性認知症になった母さんは施設で暮らしている、と玉青は話した。

（でも、母さんは洋海のことを覚えているよ）

洋海が訊く前に、玉青は慰めるように言った。

体を借りてやっと病室から出られたのに、また取り残されてしまった――洋海は口を手で塞いだ。どうしても漏れてしまう泣き声を手で押さえ、窓の方を向いて泣き続けた。

（洋海）

しばらくして、背中ごしに玉青が呼びかけてきた。

洋海は頬の涙を手の甲でぬぐい、ゆっくりとベッドサイドの椅子に戻った。

（ごめんね）

（いいの）

洋海は気を取り直し、バッグから文庫本を取り出した。

（これ、読み始めたの。『走れメロス』）

洋海は玉青の反応を待ったが、答えは返ってこなかった。

（父さんや母さんに本を読み聞かせてもらったことはあったけど、自分で本を読むのは初めて）

玉青の体に入れ替わってから、どんな文字もすらすらと読める。

(わたし、ちゃんと勉強したことないから、本が読めるようになるなんて思わなかった。これも玉青のおかげ)

話し続ける洋海に、玉青は何も言わない。きっとあの人のことを考えているのだろう。

(そういえば青島さんに会った)

(………)

(玉青の恋人、なんでしょう)

(……うん)

(でもわたしは、あの人好きじゃない)

玉青は洋海の言葉に応えず、代わりにこう言った。

(洋海、そろそろ)

玉青の言いたいことはわかっていた。そろそろ元の体に戻りたい、玉青はそう思っている。

(本を読み終えるまで、待って。あと、母さんに会いたい)

もし玉青から体を返してと言われたらどうしよう。洋海は『走れメロス』を青島の家で見つけたとき、今のセリフを思いついた。

(そうしたら、元に戻るから)

（……わかった）

玉青は納得しているわけじゃない。本も読んだことがない、母さんにも会えていない——そんなわたしがかわいそう、そう思って我慢してくれている。

いつのまにか玉青は眠っていた。

目の前で眠っている自分の体には玉青の心が宿っている。一体どちらが眠っているのか、どちらの体と心が休んでいるのか、見た目にはわからない。

——はっきりとわかるのは、わたしの心は玉青の体にあって、自由になれる。ここにいる、ということ。

* * *

まだ、ここにいる——。

開かない目で瞬きするイメージを浮かべた。想像でもしなければ、自分の実感が摑めない。いつのまにか体の輪郭がなくなって闇に溶けてしまいそうだ。

ついさっき——時間の感覚がないからそう思っているだけかもしれない——やっと洋海がきた。

これで自分の体に戻れる、と安堵したのもつかのま、洋海はあきらかに体《ここ》に戻りたくなさそうだった。

本を読み終えるまで、母さんに会うまで、それはたぶん言い訳だ。せっかく得た自由をもっと謳歌《おうか》したいのだろう。

でもその気持ちはよくわかった。体《ここ》に閉じ込められていると、時間の流れも感じられない。これで生きていると言えるのだろうか。

（少しの間でいいから、玉青の体を貸して欲しいの）

洋海の願いの切実さを思い知った。

もし洋海が戻らなければ、どうなるのだろう。本を読み終えるまで、母さんに会うまで、その期限は切っていない。

あとどれくらい、とはどうしても言えなかった。

動かない体で寝返りをうつイメージを浮かべた。

洋海が困ったときに流れ込んでくるというわたしの記憶——こちらが幾度となく貧血のような状態になっていたときがそうだったのかもしれない。

もしその潜在記憶の助けがなければ、洋海はどうなるのか。洋海を助けるためというより、自分自身の体を守るためにわたしの記憶は送り込まれていくのだろう。

洋海はわたしが培った経験や記憶で生かされている。

わたしは洋海の代わりに体《ここ》に閉じこめられ、貧血状態に苦しみながら耐えている。

随分とバランスが悪い。

* * *

週末、洋海は母の施設がある栃木へと向かった。

不思議と玉青の記憶は送られてこない。これまでを振り返ると、洋海が困ったときにだけ玉青の記憶が助けてくれた。洋海自身が目的を持って動くときは、玉青の出番はないようだ。

でも一人で遠出するのは不安だった。思い切って奈央に電話し、付き添いを頼んだ。

「いいよ、暇だし」

奈央と浅草《あさくさ》駅で待ち合わせ、私鉄に乗り換えて現地へと向かった。

最寄りの駅からタクシーを一〇分ほど走らせた。車内でバッグから手紙を取り出す。

「これ、読んでみて」

奈央に差し出したのは、差出人に石川とある封書――玉青に「確認できないわよ」と言われ、結局、洋海は封を開けてしまった。

「いいの？」

手紙を受け取った奈央は、封筒から便せんを取り出して開いた。読み終えると、丁寧に封筒にしまって、洋海に返す。

「お母さん、具合よくないってこと？」

石川、とは母の入居している施設に勤める職員の名前だった。近いうちに施設に来て欲しい、お伝えしたいことがある、と綴られている。石川が何を伝えたいのかわからなかった洋海は驚いた。

「……そうなの？」

「でなければこんな手紙を……どうして一職員が書いてきたのかしら」

「わからない」

「わからないから、確かめに行くんでしょう」

奈央は洋海を力づけるように言う。奈央に一緒に来てもらってよかった、と思う。洋海一人じゃ何もわからなかった。

施設に到着すると、受付を済ませてから面会や居住者の会合で使われる大部屋に通された。

しばらくすると女性職員が車椅子を押して近づいてきた。

「お待たせいたしました。大倉さん、玉青さんがみえましたよ」

車椅子の母は小さかった。髪が白く、目はうつろでどこを見ているのかわからず――

洋海はそばに近づけなかった。

「お母さん、はじめまして」

奈央は母の視線に合わせてかがみ込んだ。

「わたし、玉青さんの友人の伊月奈央です」

奈央は反応を見せない母の手をそっと取る。

奈央の接し方に背中を押されるように、洋海もおそるおそる母の許に近づいた。

「母さん……？」

母はこちらを見ようともしなかった。すると車椅子を押していた職員が柔らかな声で話しかけてきた。

「今日はよい天気ですから、散歩でもされたらどうですか？　申し遅れました、石川と申します。玉青さんにはずっと昔にお会いしたことがあるんですよ」

「え？」

「覚えていらっしゃらなくて当然です。ずっと昔のことですから」

石川はにっこり笑った。

なぜか落ち着かない気分になり、じりじりと奈央の背中側に後ずさる。洋海の様子に気づいた奈央は自分の右後ろに行こうとする洋海の右肩にそっと手をまわして、自分の横に並ばせてから言った。

「わたし、実家で祖母の介護をしていたから慣れてるの。お母さんと散歩しているから、石川さんの話を聞いた後で合流したら」

奈央が母を連れ出してくれている間、洋海と石川は大部屋の隅にある机を挟んで座った。

知らない場所で、ほぼ初対面の人を前にして、洋海は緊張する。でもここは玉青に頼りたくない。

――わたしの母さんのことなんだから。

洋海は意識を強くした。

「わたしとお母さんは昔馴染みなんですよ」

石川は一枚の写真を差し出してそう言った。

一目で古いとわかる写真には、セーラー服を着た女の子が二人並んでいる。

「右が母さん」

「そうです。大倉さん……当時は和泉《いずみ》さんですが、中学でクラスが一緒になって仲良くなったんです」

進学先の高校は別だったが、それでも手紙や年賀状のやりとりは続けていたという。

二人が再会したのは、病院でだった。

「わたし、看護師として働いていた病院で妊娠中の和泉さんを見かけたんですよ。思わず嬉しくなって声をかけたんです」

さっき会った母は、写真の中の中学生時代の母の面影を少し残していた。

「結婚して看護師は引退して、夫の実家の畑を手伝っていたんですけど、昨年介護士の資格を取ってこちらでお世話になることになったんです。そうしたら和泉さんとまた会いました……」

「母さんは、石川さんのことをわかっていますか？」

石川は寂しそうに首を振った。

「でもわたしは覚えていますよ。和泉さんのこと。たしかお二人、お嬢さんがいましたよね」

「そうです、二人、です」

洋海が言うと、石川はホッとしたように小さく笑い、窓の外に目をやった。この場所からは見えない、庭を散策する母を追うように目を細める。

「あの、お母さんが時々『ろみちゃん』って呼んでいたんです。ろみちゃん、ろみちゃんて、もう一人のお嬢さんのことよね。よほど会いたかったんでしょうね……」

お互いの存在を忘れてしまえれば楽だった。わたしが忘れられなかったように、母さんも忘れるはずがなかった――。

「……玉青さん？」

自分の口から声が漏れ出す。言葉にならない声が……。

――これは、玉青の声じゃない。

嗚咽《おえつ》が部屋に響くのを洋海は止められなかった。

石川はそっと立ち上がって、どこからかティッシュケースを持ってきた。洋海の前にそれを置くと再び席に戻った。その間も洋海は泣き続けた。

「も……は……く」

石川は洋海の言葉にならない声を捉《とら》えようと、前のめりの体勢で耳を澄ましていた。

「もっと……はや……くれば……」

母さんは会いに来なくなったのではなく、来られなくなっていたのだ。

石川はケースからティッシュを二枚抜き取り、洋海の手をそっと引き寄せてそれを握らせた。

「お母さんは、玉青さんが来てくれて喜んでいるわ」

柔らかな砕けた口調で石川は洋海を慰める。石川は母とは全然似ていないのに、なぜか母に話しかけられているような気持ちになった。

泣きながら、洋海は心の中で母に言う。

――母さん、洋海が会いに来たんだよ、母さんならわかるよね？　わたしが洋海だって。

ひとしきり泣いたあと、石川が淹《い》れてくれた温かいほうじ茶を飲んだ。

「落ち着いた？」

「はい……」

　泣きすぎて瞼が重い。頭の芯がしびれるようだった。

「これもよかったら」

　エプロンのポケットから、白い包装紙にくるまれた丸く小さなものを出してテーブルに置いた。

「栗のお菓子。頂き物だけど」

「ありがとうございます」

　洋海はおずおずと菓子に手を伸ばし、包装紙をめくって一口齧った。口の中でホロホロと溶けて甘さが広がる。お茶を飲みながら、二口で食べ終わった。

「美味しかった」

「うん、そんな顔しているわ」

　さっきまで泣いていたくせに菓子に夢中になっている自分が、洋海は恥ずかしくなった。

　そんなことを気にする様子もなく、石川はさらりと話し始める。

「お母さんね、物忘れがまたひどくなったみたいでね」

　認知症、と言わず、石川は話を続けた。

「口数も少なくなって、ろみちゃんのことも最近はあんまり呼ばないの」

「はい……」

――もしかしたら、わたしのことも忘れてしまったのだろうか。

「でもあきらめないで、会いに来てあげてほしい。これは元看護師の勘だけど、お母さんが玉青さんやろみちゃんに会いたがっているということは〈希望〉です。強く願う気持ちがあるんです」

「ひろみ、です」

「え」

「ろみちゃんって、ひろみのことなんです。太平洋の洋に、海って書きます」

「ろみちゃんは洋海さん、だったのね」

わたしが洋海です、そう心の中で言う。

石川は立ち上がると「お母さんの部屋、いらっしゃいませんか」と洋海を誘った。

室内履きの石川のあとについて、洋海はぺたぺたとスリッパの音を立てながら階段を上る。二階の外光を取り入れた広々とした廊下に面する一室の前で、石川は立ち止まった。そして扉をノックする。

「石川です、失礼します」

無人の部屋でもノックして入るのが決まりなのだろう。

スライド式ドアを開いた石川に続いて、洋海も室内に足を踏み入れた。細長い部屋の左側にはベッド、右側には腰高のチェストがそれぞれ壁沿いに置かれていた。正面の窓から遠くに山々が見える。

　このあたりは東京よりも冬が早くやってくる。葉がすっかり落ちて、地面に黄色と茶色のグラデーションを描いていた。

「今日は風もなくて、穏やかな天気になりましたね」

石川はそう言いながらベッドサイドに重ねて置いてある木の椅子を二脚移動させて、その一つに座った。自然と洋海はもう片方に座る。一瞬の沈黙の後に、石川は再び口を開いた。

「わたしが個人的に手紙を出したのは、お母さんの症状がすすんでしまうと、この施設で面倒を見られなくなるかもしれないということを伝えたかったからなんです」

「え」

「……出過ぎた真似《まね》をしているのは重々承知しています。でも和泉さんのことなので、このまま見過ごせなくて……」

　ここに母を入居させたのは玉青だ。石川の話を聞きながらも、事情をよく知らない洋海は何も言えなかった。玉青から認知症という病を知らされたばかりで、まだ現実を認められない。

　洋海の動揺を感じたのか、石川は励ますように言った。

「すぐに退所とかどうとか、という話じゃないわ。ここで見られる限りは責任持って見るし。わたしも、力になれたらと思っているの。玉青さん、個人的に何でも相談してね」

「はい……」

せっかく会いにきたのに、洋海は母に近づく勇気が出ない。病気だとわかっても、奈央のように優しく接することができない自分を冷たいとすら思った。

洋海はずっと見舞われる側だった。にもかかわらず、見舞う側に回った途端、病人への接し方に戸惑っている。

「ほら、お母さん、あそこにいるわ」

立ち上がった石川は窓のそばに寄って、庭にいる母と奈央を指さした。奈央は洋海の方を振り返って、目でこちらへ来るように誘っている。

石川に促されて立ち上がると、洋海は彼女の隣に移動して母と奈央の姿を認めた。

遠目にも母の顔は無表情に近かった。奈央が表情豊かに何か話しかけると、ほんの少しだけ笑ったようにも見えた。

話してくれて嬉しかった

施設からの帰りの電車内で、奈央は何度もあくびをかみ殺していた。にじむ涙を指先でぬぐいながら、玉青の様子をうかがう。すでに日は落ちて真っ暗な車窓に映る玉青は、どこか別の世界を見つめているようだった。

せっかく会いに行ったのに、話せる状態じゃなかったことにショックを受けているのだろうか。話しかけたいが、言葉が見つからない。すると急に玉青が言った。

「今日はごめんね……」

「謝らないでよ。結構楽しかったわ。昔よく、祖母と散歩したのを思い出した。そういえばここ何年も墓参りしてないな……」

玉青が思い出したように鞄の中から『走れメロス』を取り出す。

「なつかしいね……見ていい？」

奈央は玉青の手から本を取り、冒頭を読み上げる。

「メロスは激怒した……なんで激怒したんだっけ？」

「王様が次々に周囲の人々を殺しているのを知って、激怒したメロスは城に行くの。そこで捕らえられたメロスは、妹の結婚式に出るために三日の猶予をもらって、その代わりに友人を人質に置いていく」

「あ、思い出してきた。城に戻る途中でメロスは一度だけ裏切ってしまいそうになるんだよね。でも結局城に戻って、友人は助かった。王様は真の友情に触れて心を入れ替えました……めでたしめでたし」

玉青は頷く。

「なんか……すごく昔からの友達と話しているみたいな気分」

「……わたしもそう思った」

恥ずかしそうに玉青は答える。その反応をひそかに喜びながらパラパラとめくるうち、紙片が本からこぼれた。

「これ、本に挟まっていたよ」

床に落ちた紙片を拾って、差し出すと洋海は受け取った。見るともなく書かれた文字が目に入ったのと同時に、玉青がつぶやく。

「名刺」

〝保育士　辻由紀乃〟と一文字ずつ違うカラーでプリントされた手作り感あふれる名刺。

「……この人に空メールを送ってって言われたの」

奈央は名刺から玉青の顔に視線を移して言った。

「この人、誰？」

「……保育士さん」

「保育士」

「わたし、子どもがいるの」

玉青は澄んだ目を向けた。奈央はアハハ、と笑い声をあげた。あらためて玉青の顔を見ると、同じまなざしを奈央に向け続けている。

「嘘《うそ》……冗談でしょう？」

玉青は目を伏せて首を振った。

「……事情があって、離れて暮らしているんだけど」

「そうなんだ」

「驚かないの？」

「驚いても、あんまり顔に出ないタイプなの」

そう言って、奈央は腰を浮かせて座り直した。

「でも、話してくれて嬉しかった」

「ありがとう」

玉青はホッとしたように、小さく笑みを浮かべた。

本を読み始めた洋海の隣で、奈央はいつのまにか眠っていた。

＊　＊　＊

「……本当に、ありがとう」

奈央の体温を右肩に感じながら、洋海は『走れメロス』を閉じた。

終点の浅草に着くと「買い物してから帰る」という奈央と別れた。「また月曜日に」と手を振っていた奈央に、心の中で「さよなら」と言う。

洋海は一人で地下街を歩きながら、これから何をしよう、と考えて足が止まった。

――これから、なんてわたしにはなかった。

母と会い、『走れメロス』を読み終えた今、体を返さなくてはならない。

自分は玉青の助けがなければ何もできない。仕事も、生活も、母のこともすべて、これまで玉青が背負ってきたのだ。

結局玉青の体と、玉青の人生をひととき借りているに過ぎない。

――わたしの人生は、病院の、ベッドの上。

母さんがああなってしまったのに、何の決断もできない。ただの子ども。

そのときいきなり肩口に衝撃を受け、体がふらついた。

「大丈夫ですか？」

ぶつかったらしい男女二人連れの女が振り返り、心配げに駆け寄って、バランスを失った洋海の体を支えた。

「すみません、話に夢中になって前をよく見ていなくて」

　男は頭に手をやって、どうしていいのかわからない様子で立ち尽くしている。二人の年格好から大学生くらいに見えた。

「あの、わたしの鞄」

　ショートカットの女はあたりを見回し、地面に落としてしまった洋海の鞄を拾って、汚れをはたくように軽く叩いてから「はい」と差し出した。

「ありがとう」

「お怪我はないですか？」

　心配げな目で洋海を見る。

「大丈夫……みたい」

「……よかった。ごめんなさい」

「本当にすみませんでした」

　二人は交互に謝ってから去って行った。仲のよさそうな後ろ姿を見ているうちに、洋海の脳裏にある顔が浮かんだ。

　玉青の恋人、青島——初めて会ったときにいきなり抱きしめられて驚いたが、なぜか今はそれほど嫌ではなかった。

今も青島の腕の感触を思い出すと、胸が締め付けられる。

どうしてこんな気持ちになるのだろう。玉青の記憶の残像なのかもしれない。

――「好き」なのか……？

心に形があるなら見てみたい。「好き」という気持ちはどんな形をしているのだろう。

玉青は青島に対して献身的なのに、どこか彼に暗い感情を抱えているよう。複雑に絡み合う思いが洋海にも送り込まれていた。

もう一度、青島に会えばわかるのかもしれない。そして玉青自身の気持ちと、この胸を締め付けられるような感情の源を知りたい。――玉青に体を返すのは、そのあとにしよう。

洋海はスマートフォンを取り出すと、青島にメッセージを送ろうとしたが、思い直して電話をかけてみた。

数回の呼び出し音のあとに青島が出た。

「あ、あの……玉青です」

「今取り込み中なので、あとで」

早口で言うと電話は切れた。するとその後ラインが届いた。

（家で待ってて）

家、というのは玉青の家だろうか、それともこの間行った青島の家だろうか。確認しようか迷っていると、再びメッセージが届いた。

(不在通知が来ているから、連絡して荷物を受け取っておいて)

洋海は自分の記憶をたどって青島のマンションへと向かった。一度行った場所はちゃんとインプットされている。今日は玉青ではなく、洋海自身の意志で青島と会うのだ。

* * *

洋海が会いに来てから、それまで無音だった世界に音が聞こえるようになった。張り詰めた糸が震えるみたいな音。

誰かの声のようにも聞こえる。か細い笑い声か、叫びか……最初は気のせいかとも思ったが、音の行方に神経を尖《とが》らせると、たしかにこれまでには感じられなかった音がそこに鳴っていた。

何かが、変わり始めている——。

相変わらず時間の感覚はないが、洋海がやってきたのが昨日だとすれば、入れ替わって五日目。いやもしかしたら六日目かもしれない。無人島でも、昼と夜があれば日数を数えられるが、ここでは無理だ。

慣れない体に馴染み始めて、それなりに過ごせてはいるが、孤独にだけは慣れない。

入れ替わる前だって孤独だったはずなのに、それとは比べものにならぬほど単調な時間が続く。

齋藤が去り、羽流と引き離され、両親がいなくなってから、生きていても苦しいことばかりだった。生活のために働き、羽流に会うために生きている——ただそれだけ。夢も希望も保証もない、そんな余生。

でも洋海の体に入ってからは、やることもなく、じっと体《ここ》にいるしかない日常だった。羽流に会えないのは辛い。でも毎日のように遠くから見ることはできても、どうせ一緒に暮らせないのだから、その辛さは一生変わらない。ならばいっそ死んでしまいたい……そんな風に思い詰めていたことを思い返す。

洋海の体を通して孤独に浸るほどに、不思議とこれまでに感じたことのない気力が生まれてきた。

生きたい。

できれば羽流を取り戻したい。

もし叶わなくても、羽流に自分の存在を知ってもらい、いつの日か顔を合わせて話したい。その日のためにちゃんと生きたい。羽流に恥ずかしくない生き方をしたい。

洋海が体を返してくれたら、そうしよう。人生を取り戻す。

そう決めたら、これまで胸につっかえていたものが喉元を過ぎていき、軽くなった。

指一本動かせないけれど、心はわたし次第で動く。

今、心は躍動している。

＊　＊　＊

青島のマンションへ向かう間、ずっと胸が高鳴っていた。

これは玉青の高鳴りじゃない。わたしの感情――洋海はそう自覚した。

駅を出て、マンションへの道を急いでいると、目の前を黒い猫が横切った。

「わぁ」

洋海の声に反応して、猫は立ち止まった。そっと近づき、かがんで猫の頭に手を伸ばした。細い首輪に埋め込まれた石が光っている――飼い猫だ。人に慣れているからか、洋海にも大人しく頭をなでさせてくれた。

「かわいいね、いい子だね」

そう言いながらなでていると、猫は突然走り去り、あっというまに見えなくなった。

手の平をもう片方の手で触り、猫の毛の感触を思い返しながら再び歩き出す。温もりのあるものをなでているうちに動悸は治まり、洋海は落ち着きを取り戻した。

マンションの入り口でオートロックを解除し、郵便受けを開けようとした。が、解錠の番号がわからない。

玉青ならわかるはず――そうも考えたが、玉青の記憶が送られてこないよう、グッと体の芯に力を込めてブロックする。

洋海の心の奥には扉があった――玉青の記憶や意識がそこから出入りするようだ。洋海はその扉が開かぬよう集中した。一瞬玉青の意識の気配が漂ったが、扉を閉じ続けているうちに自然と遠のいた。

エレベーターで三階へ上がり、部屋の前にたどり着いた。鍵を差し込んで右に回して解錠する。

扉を開けると、中は真っ暗だった。

外の明かりを頼りに、左右の壁にライトのスイッチを探す。右側に平たい突起を見つけて押すと、赤みをおびた光が玄関に広がった。

後ろ手に扉を閉じて、鍵を閉める。

靴を脱ぎそろえ、廊下を進むと、リビングへ続く扉は引き戸になっていた。

ゆっくりとスライドすると、思いがけず部屋の中は明るかった。テレビの音声が小さく流れている。

「……いるんですか？」

すでに帰宅しているものと思い、どこにいるかわからない青島に話しかけた。しばらく待ったが、気配は感じられない。念のためトイレや風呂を見て回り、ベッドルームも確認したが、誰もいないようだ。

リビングに戻ってからも落ち着かず、ダイニングの椅子に座った。

以前この部屋を訪ねた際には、玉青の意思が体を支配していた。今日は洋海自身の意思でここにいる。そのせいか前回は気づかなかったところが目に入ってきた。

リビングの白い壁には画が飾ってあった。首の長い女の画だ。子どもか大人かわからない女――その目は焦点が合っておらずボンヤリとしている。

部屋はモノトーンでそろえられ、置いてあるものは玉青の部屋の家具とは違って、光沢があった。フローリングの床は歩く度に軋むこともない。天井は高く、一人でいるには広すぎて落ち着かなかった。膝に猫でもいればなでていられるのに、とさっきの黒猫のことを思い出して、幻の猫をなでる真似をしてみた。

その時、玄関扉の解錠音がした。

洋海は跳ね起きるように立ち上がる。心音のテンポが速まってきた。

スリッパの音が近づき、リビングの扉が開いた。青島はこっちを見て、少し顎《あご》を突き出すようにして言った。

「お前、何してんだよ」

抑えた声だが、怒りを含んでいるとわかった。青島が何に対して怒っているのか、洋海には見当が付かなかった。

「おれが帰ってくるのわかっているのに、何突っ立ってんの」

洋海は青島の挑むような目に体が硬直するのを覚えた。

青島が何を言いたいのかわからない。玉青のように部屋の片付けをしておかなかったから怒っているのだろうか。

「何してたんだよ！って言ってんの」

「え、あの……お母さんのところへ」

そう言ってから、青島の質問と自分の答えがずれていることに気づいた。今日一日の行動ではなく、この部屋で何をしていたのかと訊かれているのに——思わず洋海は目をギュッと閉じた。

「……栃木か」

その声から力が抜けた。青島は二度髪をかき上げて、そのままリビングを出て行くと、洗面所から水の流れる音が聞こえてきた。

まだ緊張の解けない洋海は、このまま帰ってしまおうと玄関へ向かったが、洗面所から出てきた青島と鉢合わせ、腕を摑まれた。

「どこ行くんだよ」

「……帰る」

「帰さない」

先ほどの怒りを忘れた様子の青島が、洋海の腕を摑んだまま、リビングへと促したので、仕方なく戻った。

と、洋海が自分の意思を保てたのは、ここまでだった。

内側から玉青の意識の気配が広がってくる。心の奥の扉から入ってこようとするそれを止められない。これから起こることにおそらく自分は対応できない。洋海はそれ以上考えることを放棄した。

＊　＊　＊

急に血の気が引いてきた。

失いそうな意識にすがりつきたくなる。横になったままなのに、体がぐるぐると回転している。揺れ続ける場所で必死に立っているみたいだ。

多分わたしの意識は今、洋海の危機を救いにいっているのだろう。

そう思ったら、この不安も、底なしの沼に引きずり込まれるような恐怖も、受け入れる覚悟が決まった。寝たきりで何の役にも立たないわたししか洋海を救えない——そのことに不思議な安らぎを覚える。

これは優越感なのだろうか——わたしの体の中にいても洋海はまだ子どもだ。大人びた口調で、時に達観したようなそぶりを見せたりもするけれど、何の経験もない。姉らしく手を貸してやるのがわたしの役目だ。

ずっとベッドの上で過ごしてきたあの子は恋をしたこともない。青島のことを毛嫌いしていたのは、少女特有の潔癖さから。わたしにだって覚えがある。

中学に進学してから、急に父のことが汚らしく思えてきて仕方なかった。母に「洗濯物を父さんのと別々に洗って」と頼んだら一笑された。

「そんなこと言うなら、自分で洗いなさい」

洗濯も食事も母にまかせきりで、自分で率先して家事をするなんて発想もない。結局家事をするのが面倒に思えてあきらめた。洋海はあの頃のわたしと似ているのかもしれない。

やがて父が死に、母が施設に入ってから初めて一人暮らしを始め、それまで自分がいかに甘えていたのかを痛感した。

その後に再会した青島には、そういう甘えた経験がないことを知った。初めて青島の家を訪ねたとき、簡単な炒め物を作ったら、大げさなくらい喜んでくれた。

この人は愛に飢えているんだ——青島の知られざる一面を見て、嬉しくなった。わたしだけが青島の足りないところを埋めてあげられる。

あの時も、今のような優越感を感じていた。

＊　＊　＊

あるはずの温もりが消えている。

「玉青」

青島は両手を上に伸ばす。

「玉青、どこ」

かすれた声が寝室に響く。

ベッドサイドのライトをつけ、隣にいないことを確認した。冷たいシーツを手の平でなでてみる。

ふと気配を感じ、足元に視線を動かすと、ベッドの端に背を丸めた玉青が座っていた。シャツのボタンを留めようとしたままの姿で、ぼんやりと床を見つめている。

「いま、何時」

そう訊くと、玉青は怯えたように青島を見た。あわてて立ち上がり、鞄からスマートフォンを取り出すと振り返る。

「三時……二十五分」

「まだそんな時間かよ」

青島は体をひねってベッドサイドのスタンドを消すと、もう一度両腕を伸ばしてストレッチする。

「まだいれば？　始発まで時間あるし」

玉青は「うん」と小さく返事をしながらも、残りのボタンと格闘しているようだ。

「急いで着替えることなんてないのに……」

青島は笑う。玉青が小さな子のように不器用にボタンを留めているのが妙に好ましく思えた。

「お母さんの様子はどうだった？」

「え……うん、話はあんまりできなくて、具合もよくないって」

「そうか……」

すでに玉青のことはわからなくなっている、と以前に聞いていた。父が亡くなり、母もそんな状態である玉青に寄せるのは同情だった。付き合い始めて間もない頃、ベッドの中で玉青は家族が元気だった昔の話をした。玉青の語る両親は財力、知力、そして愛情を兼ね備えた、まさに青島の理想だった。しかし玉青には親として当たり前の姿という認識しかなく、よい両親に恵まれたことに気づいていない。青島は心のどこかで玉青を羨《うらや》み、時折その無神経さを憎んでいた。

「こっちに来て」

玉青は戸惑った様子で、そろそろと青島に近づいた。下着にシャツ姿でベッドに腰を下ろす。青島は玉青のももに頭を乗せ、膝枕の姿勢を取った。

玉青は青島の頭をなでた。青島は脱力して、頭の重さを玉青に預ける。

「気持ちいい」

玉青は母の具合が悪くなるとともに、どんどん不安定になっていった。青島はその不安定さを愛おしく思っていた。

「……おれは親と離れて暮らしていたから、こういうこともなかった。たぶんマザコンだな」

青島は目を閉じたまま自虐的に笑う。玉青には何度も話していることだが、いつも黙って聞いてくれるのが嬉しかった。

「おれが三つの時に離婚して以来、母親はおれを実家に預けて働きに出た。無理がたたって肺炎起こして亡くなった。父親は長らく行方不明だった」

ここまでは玉青も知っている。ここからは初めて語ることだった。

「それが、こないだ偶然父親を見つけたんだ。ＳＮＳで親戚をたどっていったら……あいつ再婚して、元気に暮らしているみたいだった」

「そう……元気だったんだ」

玉青の返事を、即座に咎めた。

「元気だった？　お気楽な相づちだな」

青島は顔を反対側に向けなおす。

「あいつは母親とおれを捨てて出ていったんだ。それが家族に恵まれた生活を送ってるなんて……母親が知ったら……どうせならみじめに生きていてほしい」

そう言うと青島は玉青の腰に両腕を回して、力を入れて抱きしめる。

「痛いよ」

青島は自分の中に波があるのを感じていた。波のコントロールが利かなくなると、自分の感情が呑まれて、誰かを傷つけたくなる。

高ぶりそうな波を抑えようと、玉青を抱きしめ続けると、やがて波は引いていった。

青島が腕を緩めると、玉青はすぐに腕からすりぬけて、少し離れた場所に座りなおした。

「お母さん、認知症がひどくなったのか」

「それもあるけど……」

施設の職員に母の古い友人がいて、その人から退所の可能性を示唆された、と玉青は告げる。

「……そうか」

「どうしたらいいのか、わからなくて」

「……必要なら、もう少し融通できると思う」

「え」

「金だよ」

玉青が母を施設に入れてからしばらくして、消費者金融に金を借りていることを知った。

「金を渡すから、全額すぐに返せ」

「でも……」

「玉青にじゃない。お母さんに貸すんだ」

とまどう玉青の頭に柔らかく手を置いた。

「おれは自分の母親にしてやれなかったから、せめて……それから、必要な分はまた貸す」

母親が困っている時に、行方知れずだった父は何もしなかった。そして子どもだった自分には何もできなかった。それが今も悔しい。

黙ったままの玉青の頬を両手で覆うようにして、自分に向けさせた。

「甘えろよ。金は必要なところへいくのが一番いいんだ。無駄に使う奴《やつ》が持っていたって仕方がないんだから」

青島は玉青の顔に唇を寄せた。すると玉青の体はされるがまま、おずおずと両手を青島の首に回してきた。

＊　＊　＊

寝てしまった青島の隣から逃れて、洋海は浴室に入った。熱いシャワーを浴びながら、洋海は自分の行いを振り返る。

青島が好きなわけじゃない——そう自覚して、後悔が押し寄せてきた。

玉青の体を借りて経験してしまったことをどう捉えればいいのだろう。玉青の体は洋海が知らない動きと反応を見せ、洋海は見てはいけないものを見た気がして、どうしていいのかわからないまま、ただ体《そこ》にいるしかなかった。

体を借りるんじゃなかった。

洋海は心の中で玉青に語り続けた。

（玉青は、青島さんからお金をもらったから、あんな風に献身的に尽くしていたの？それとも好きだったから？）

いくら呼びかけても、玉青には届かないようだった。

眠る青島を置いて、洋海は部屋をあとにした。始発まではまだ時間があるが、ともかく玉青に会って話したかった。

＊　＊　＊

目が覚めると、洋海がそこにいるのがわかった。

（……不思議だね、見えなくても洋海だってわかる）

椅子に座った洋海は、落ち着かない様子だった。

（どうかした？）

（母さんに会ってきた）

（そう。どんな様子だった？）

（もしかしたら施設を出なければならないかもしれないって……施設の職員に、母さんの昔の友だちがいるの。その石川さんが教えてくれた）

（石川さん？　どうしてその人が……）

（元は看護師さんで、中学の時のクラスメイトだったんだって。高校はバラバラだったけど、その後病院に勤めていたときに、妊娠中の母さんと再会して……そのときに生まれたのが玉青かわたしか、どっちか聞き忘れちゃった。ともかくわたしたちのことを知ってた）

（そう……母さんのこと、困ったね）

（石川さん、すごくいい人で、母さんのことを考えてくれてる。でもわたし、何にもで

きない）

　玉青は現状の深刻さを知り、動けない体にいる不自由をもどかしく思った。

（やっぱり、わたしじゃダメみたい）

　自分に言いきかせるように洋海はつぶやいた。

（『走れメロス』は、読み終わった？）

（うん）

（どうだった？）

（メロスはバカだなと思った）

　スネたような言い方に玉青が笑うと、洋海はムッとした様子で言い返す。

（だって自分からけしかけておいて、磔《はりつけ》になるところだったんでしょう。だったら最初から何もしなければよかった）

（ひどい暴君を諌《いさ》めるためにやったことよ。それにメロスの存在が暴君に反省をさせた）

（そうとも言えるけど……メロスは身代わりになってくれた友だちを一度見捨てようとするでしょう）

（洋海なら、どうする？　逃げるか戻るか）

（友だちを見殺しにはできない）

（戻ったら自分が礫になるかもしれないんだよ）

（暴君を二人でやっつけたらいいのに）

二人で声をそろえて笑った。その瞬間、気づいた。心が共鳴している。ひんやりとした高い音がどこからかやってきて、互いの中で鳴り響く。

（玉青、体を貸してくれてありがとう）

（もう、いいのね）

お互いの体が元に戻ろうとしている——もうこれ以上、体《ここ》にいたくない。自分の体に戻りたい。言わなくても、互いにわかった。

洋海の声は震えていた。

（玉青、約束して。なるべくたくさん会いに来て）

（わかった。会いに来る）

（忘れないで、わたしのこと）

（絶対に忘れないよ）

途端に世界は闇に包まれた。

おやすみ　洋海

椅子に座ったままベッドに伏せていた上半身を起こすと、布団に横たわる体があった。白い肌、意志の強そうな眉、何も塗っていないのにほんのり赤い唇の持ち主の洋海。洋海の体を見下ろしながら、その場で立ち上がってみる。両手を伸ばし体の横や頭の上で動かした。

玉青はやっと体の自由を取り戻した。

一方、洋海は全く動かない。かすかな呼吸音だけが生きている証。ほんの少し前まで自分が入っていた体に語りかけた。

「また、会いに来るよ」

ともかくこの部屋を出たい。こんな孤独も不自由ももうまっぴらだ。働いて、青島にお金を返し、羽流に会いに行こう。

――少しずつ、人生を変えていきたい。

「おやすみ、洋海」

部屋の扉に忍び足で向かう間、洋海を一人にしてしまう罪悪感があったが、病室を出て扉を閉めたら、罪の気持ちも遮断された。

帰ったらまず風呂に入ろう。部屋の掃除をして、自分のために食事を作ろう。

きっと、本来羽流に向けるはずの気持ちを青島に向けてしまっていたのだ。

青島は亡くなった母を忘れられず、その面影を追い続けている。突然怒り出すのは母の役割を求めるときだった。わたしが失敗すると、理想の母を演じきれないことをなじってくる。

　自分たちはお互いの中に幻影を追っている。互いの影を踏みあっても、欲しいものは手に入らないのに――。

――離れよう、その方がいい。

借金のことがあるから、すぐには無理だけど、やっぱり離れた方がいい。

　病院の建物を出ると外は暗くなっていた。鞄に仕舞ったスマートフォンを取り出して時間を確認すると、夜七時。画面に映る12月18日の日付に仰天した。

入れ替わっている間、日時の感覚が失われていた。せいぜい五、六日だと思っていたが、もう二週間近くが過ぎている。

　その間の記憶が何もない。まったく消えてしまったようだ。この不可思議な現象を誰かに話したかった。

　その相手は――洋海しかいない。

スマホをしまう前に、メールをチェックする。すると辻由紀乃からメールが届いていた。

由紀乃からの頼み事がある、そう洋海が話していた。

メールで由紀乃は、できれば会って話したい、と書いている。いくつかの候補日と時間を挙げてきていた。玉青の予定を教えてくれ、と結んでいる。

妙に強引で、けれどあらがえない。由紀乃の小動物に似た黒目がちな瞳に見据えられると、どんな相手も言うことを聞いてしまいそうだ。

すぐに返信を打とうと思ったが、急に疲れを感じてその気力をなくしてしまった。本来の体に戻ったばかりだからかもしれない。まるで長い旅から家に帰ってきた時みたいだ。

――来週、保育園に行ったときに直接話そう。

玉青はスマートフォンをバッグに仕舞った。

* * *

玉青の体にいたとき、この病室のレイアウトを初めて確認した。一番長く過ごしている部屋なのに、これまで知る由もなかったからだ。

入り口のスライド式ドアを開いて、一歩二歩、三、四、五歩いくと、薄いカーテンの向こうにベッドがある。隣に洗面台、逆側にあるサイドテーブルには小物入れの引き出しがついていた。

動けない洋海にはどれも必要ないものばかりだった。でも病院の部屋はどこも似たような作りらしい。

動かない首を左に向けたつもりになって、初めて洗面台の前に立ったときのことを思い返した。

蛇口から流れる水を手の平で掬い、その手で顔を覆う。肌に触れる冷たい水の感覚を何度も楽しみ、濡《ぬ》れた顔を鏡に映した。そこに映ったのは玉青の顔だったが――。

戻る前にもう一度顔を洗えばよかったと、今さら後悔する。

でも、もう遅い。

玉青は二度とこの体に入るなんて言わないだろう。体《ここ》の孤独を洋海はよく知っている。どこまでも続く凄然《せいぜん》とした空間。生きている人に耐えられるわけがない。

――なぜわたしは平気なのだろう。

いつ死ぬかわからないけど、まだ生きている。

でも誰も気づいてくれない。誰も助けに来てはくれないのだ。それにこの静けさと寂しさも、長くいれば当たり前になる。

唯一の慰めは、玉青がこの孤独を知ってくれたことだ。これまでは誰とも共有できなかった。今は知っている人がいてくれる、それだけで救われる気がする。

玉青とはさっき別れたばかりなのに、もう何十時間も経ってしまった気がする。この体は時間の感覚を失わせる。

もうお腹が空いたり、満腹になったりしない。どこも痛いところはないし、疲れる作業もしない。それに比べると玉青の体にいた頃は常に忙しかった。

ほんの数日だったけれど、通勤した。羽流の保育園に行ったり、奈央に付き添ってもらって母にも会いに行けた。

そして『走れメロス』を読んだ。本なんて読んだことがなかったのに――全部玉青の体のおかげだ。

読書中、これまでになかった体験をした。メロスの怒り、焦り、悲しみが体を突き抜けていく。座って読んでいても、体の内側が熱くなって、ずっと走っているみたいだった。

メロスはバカだと思った、と玉青には話したが、一方でメロスの一本気なところと、その友だちであるセリヌンティウスがメロスを信じ切っているところに感動した。深い理由も聞かず、友だちに命を預けるなんて、どうしてそこまで信じられるのか。

もし玉青のように自由だったら、もっと本を読んでみたかった。

ここで自由なのは、心だけだ。もしも動く手があればペンを持ったり、パソコンを打ったりできるけれど、それは叶わない。

　これまでは果てしない時間をもてあましていた。いくら考えても誰も聞いてくれる人がいなければ、自分が考えたことさえ忘れてしまう。記憶も記録もできない、そんな自分の考えに何の意味があるのか。

　あるときから、洋海は考えることをやめてしまった。そうして無の時間を過ごしていた。玉青がやってくるまでは――。

　玉青の体に入っているときは、考えるよりも先に体が動くことが多かった。困ったときに玉青の意識や記憶が助けに来てくれるということもあったけど、それだけじゃない。段々と玉青という体に慣れたせいか、最後は多少コントロールできるようになった。玉青の意識が入ってこないようにもできた。

　青島の部屋での時間はそうだった。

　玉青の意識にまかせてしまって、目と心を閉じていてもよかった。そうせずに意識的に青島を受け入れた。けれど怖くなって途中で放棄してしまった。それなら最初から受け入れなければ……。

　――今みたいに冷静になって考えればよかった。

　自由な体は、考える前に体が動く。自分の体なのに、本能のようなものが自分を動かしてしまう。自由だけど不自由になる。

そんな不思議について、洋海は考え続けた。ここにいて、こんなにも深く考えるのは久しぶりだった。

＊　＊　＊

翌週、出勤前にいつも通り「七色保育園」に向かった。

羽流に会うのは、約半月ぶりだ。今朝窓を開けたら空気が乾燥していた。ラジオの天気予報でも上着を着ていくように言っていたので、ウールのコートを羽織った。歩きながら深呼吸をすると、冷えた空気が鼻から体の中へと入っていく。

――生きている。

ふつふつと喜びがこみあげてくる。同時に頭をもたげる洋海のことを、今は忘れることにした。

木の下で待ち遠しい気分を抑え切れず羽流の姿を探す。ふと、木の幹に手の平を当てて、秋の頃を思い返す。黄色く色づき、一年で一番美しいイチョウ……。

――洋海にも見せてあげたかったな。

また考えてしまった……再び洋海を頭から追い出し、羽流に意識を向けた。

保護者に連れられた園児たちが次々に登園してくる。羽流がやってくるのはいつも登園のピークの後だった。それでも見落とさぬよう、目で園児を追う。すると建物から出てきて迎える由紀乃の姿が見えた。

由紀乃の視線がこちらに向いたとき、思わず頭を下げた。すると由紀乃は軽く頭を下げて園児たちを建物に誘導し、再び姿をあらわすと小走りにこちらへやってきた。立ち止まると同時に息を切らせながら言った。

「どうしたんですか？」

「え」

「しばらくお姿が見えなかったから」

「あぁ……ちょっと体調を崩してたんです」

由紀乃は「そうだったんですかぁ」と小さくつぶやいた。何か責めるような言い方に聞こえる。

「メール、届いてないのかなって心配しました」

「すみません、今日ここへ来るつもりだったから、その時にでもお返事しようかと……」

そう言った後、由紀乃へのメールを送ったのは洋海だったことを思い出した。だいたい由紀乃から名刺をもらったのも洋海だ。メールの内容では、何かわたしに話したいことがあるらしい。

「ちょっと、待っててください」

次々登園してくる園児を迎えるため、由紀乃は再び園庭の方へ駆けていった。

鞄からスマートフォンを取り出してラインのアプリを開いた。洋海は伊月奈央や青島ともやりとりをしていた。

すこし留守にしている間に、誰かが家に出入りして、私物を使われた――そんな妙な感じだ。

使ったのは洋海だ。

そのことに不満があるわけではない。洋海の頼みに応じて入れ替わった時点で、何よりも大事なものを貸しているのだから。

でも（出張から戻った。今どこにいる?）（家で待ってて）という青島からのメッセージには心がざわついた。荷物を受け取って、という具体的な指示もあった。ということは、洋海は青島の家へ出掛けたのだ。

青島に一度会ったということは聞いている。

洋海は〈あの人好きじゃない〉と嫌悪感混じりに言っていた。出張帰りに呼び出されたときの感想だろう。

履歴を確認すると洋海は青島に電話を入れている。その後「家で待ってて」というラインがあって、洋海は家に行った。二人がどんな会話をしたのか。そこまではわからない。

「……大倉さん？」

いつのまにか戻っていた由紀乃の声で、現実に返った。

「あ、ごめんなさい。ボンヤリしていて」

「いいえ、まだ体の調子は戻っていないみたいですね」

「ずっと横になっていたので時差ボケみたいな感じです」

「そうなんですか……」

心配の色が由紀乃の声に滲《にじ》んでいた。

時差ボケとは我ながらいいたとえ、とほくそ笑む。同じ地球でも、国によって時差が生じる。わたしの体と洋海の体にも時差のようなものがあった。

気を取り直して、由紀乃に言った。

「わたしは、平日の夜か、週末なら時間の都合がつきます」

「ありがとうございます。わたしも月曜から金曜までここで、日によって延長保育も入りますけど、えっと、急ですが今日の夕方はどうですか？」

「あ、かまいません」

仕事が終わる時間に会社の近くまで来る、と由紀乃が言うので、会社の最寄り駅近くのカフェで待ち合わせの約束をした。

「ゆきのせんせー」

聞き覚えのある声がした。

「ハルくーん」

気づけば園庭の真ん中に羽流が立っていた。由紀乃に向かって手を振っている。

「羽流」

思わず小さく声が出てしまう。由紀乃がちらっとこちらを見た。

「ハルくん、こっちこっち」

手招きする由紀乃の許へ羽流がやってきた。これまでにない近い距離で羽流と対面した。

「ハルくん、こちらは大倉さん」

「おおくらさん」

由紀乃の真似をして、羽流は言った。

「この間、手を振っていたでしょ。覚えているかな」

「うん！　おおくらさん、おはよう！」

羽流がこんなに近くにいるだけで動揺している。自分の名を呼んでくれ、挨拶をしてくれた。

「おはよう……ハルくん」

名前を呼びかけると、羽流は恥ずかしそうに首を左右にかしげて、由紀乃の後ろに隠れた。そのしぐさも愛らしい。

「ハルくん、行こうか。大倉さんとハイタッチする？」

羽流がこくん、と頷くと、由紀乃はかがんで羽流を抱き上げた。

視線の高さに羽流の顔があった。小さな手を差し出している。

「ハイタッチ」

羽流はまつげが長い。毎日この目を見ていたい。こみ上げる愛おしさで胸を熱くさせながら、小さな手に自分の手を軽く合わせた。

「バイバイ」

「バイバイ」

抱き上げたまま、由紀乃は踵を返した。どんどん羽流との距離が離れていく。

羽流が新生児だった頃に触った手の感触はもう忘れてしまった。街で似たような年齢の子どもを見かけると、その手に触りたくなってしまい、羽流と別れたことを心底悔やんだ。

わたしは羽流と触れた手の平を左手の指でそっとなでた。今の羽流はあの頃とは違う。その手はまだ小さいけれど、ペンや箸を持ったりする力がある手に成長している。手を繋いで、並んで歩けたらどんなにいいだろう。

名残《なごり》惜しいが園庭を離れて、駅へと歩き出した。

毎日出勤前に羽流の姿を確認するのだけが、生きる希望だった。羽流に母だと名乗り出られないことを思うと、希望で上向いた心が急に沈んだ。このアップダウンの繰り返しで精神は疲弊した。死にたいと思った。

でも洋海と入れ替わって、随分と考えた。羽流と離れているのは辛いけれど、居場所はわかっている。母と名乗れなくても、この先にどこかで接点があるかもしれない。生きてさえいれば――。

幹線道路はもう朝の渋滞が始まっていた。以前は行く手を遮る深い川のように思えたが、今は違う。こうして世界は動いているのだ。

動かない体に入って、動けることの尊さを知った。そして生き物は常に変わっていくことを自覚した。

細胞は常に入れ替わり、体はいつも刷新されている。それならこの状態もいつまでも同じじゃない。ちょっとしたことでガラリと変わる。

現に今日、これまでになく羽流に接近できた。洋海が羽流に手を振った、と得意げに話していたが、それも今日の出来事へと繋がっているのだろう。

もちろん問題が消えたわけじゃない。

洋海はあの病室で、消えそうな命の灯を揺らしている。

母は施設でどうしているのか、近いうちに会いに行かなければ。

　もし母があそこを出ることになれば、新しい施設に入れるためにはいくら必要なのだろう。両親が遺《のこ》した金はもう残っていない。

　母の年金と自分の稼ぎで施設への月々の支払いは間に合うはずだったが、医療費や着替え代など母の細々とした支出が積み重なって、ある日支払えなくなった。目の玉が飛び出るような額じゃないのに、それすら払えない自分が惨めだった。そんなときに青島が金を融通してくれたのだった。

「玉青にじゃない。お母さんに貸すんだ」

　そう青島は言うが、結局母が返せない以上、娘が返さなくてはならない。その後も度々青島を頼っている。

　母のために必要だ、と言うと青島はすぐに必要な金額をよこした。青島の家庭事情も聞いていたが、わたしを愛しているから貸してくれる、そう信じていたし、信じたかった。ありがたいと思い、青島のためには何でもやってあげよう、と思った。最初に借りた金を一度分割で返して以来、残りはまだ返せていない。青島はそれを怒ったり、催促したりはしない。

　借金の形《かた》に、自由になるおもちゃを手に入れた、そんな風に思われているのだろうか。

　わたしの弱み、弱点を知っていながら、そこは攻めない。だから彼の一挙手一投足に怯えてしまう。こんな風になったのは、青島との仲が深まったからだ。ただの大学の先輩後輩の関係なら、ここまで踏み込むことはなかったはず……。

――いつかは返さなくてはならないし、青島にこれ以上頼りたくない。

生きている限り、問題は消えない。この問題に向き合っていく具体的な策が必要だ。

駅にたどり着くと、ホームは人であふれかえっていた。ギリギリ押し合わない程度に列を成し、電車を待つ。

やがて電車がホームに滑り込んでくる。車内に人が詰まっているのが窓越しに見て取れた。

わたしはしっかりと体の芯を意識し、今度はなぎ倒されないよう、扉が開くのを待った。

＊　＊　＊

欲望には二種類ある。先天的なものとそうでないものと。

先天的な欲望とは生存本能だ。生きるために体に備わっている能力。欲望は生まれたときから体に備わっている。赤ん坊は乳を飲み、排泄《はいせつ》し、眠る。そして生きようとする。

玉青の体を借りていた間、発揮されていたのは洋海自身の欲望だった、そう思う。

おそらく自分には生殖の力がない、つまり自分の遺伝子は残せない。誰に教えられることもなく洋海はそう自覚していた。

生殖能力と性欲は結びついている。洋海の中になかった二つのものが、玉青という自由な体を得たせいで、突然あらわれた。これまで出口のなかった欲望が、一気に噴き出したのだ。

横たわった檻《からだ》の中で、洋海は自分なりの結論に達した。

体だけではなく、心にだって欲望はある。生存本能だってある。

これまでずっと体《ここ》にいたから、自分の欲望に気づかなかっただけだ。玉青の体を借りて、初めてわかった。玉青の体にいても、欲望は自分のものだった。

そして欲望を一度知ってしまうと、知らなかった頃にはもう戻れない。

玉青の体にいたときよりも、今強く感じるのは、羽流への気持ちだ。

玉青が産んだ子――羽流の存在が次第に大きくなってきたことに、洋海自身、戸惑っていた。

なぜ、こんなに羽流のことが心から離れないのだろう。

自分には生殖の機会も能力もない。だけどそのすべてに恵まれた玉青の体と入れ替わって、初めてわかった。

この子の心身に流れるものが、自分と繋がっている。未来へ繋がっている。見えないもので繋がっている。

自分にはない未来が羽流にはある。彼のことを思いうかべると、ふつふつとエネルギーが湧いてくる。

これは玉青から送られてくる意識でも記憶でもない。自身の心からあふれるもの。

今は、ただ羽流に会いたかった。

＊　＊　＊

ロッカールームで着替えていると、玉青が入ってきた。コンパクトを開いて化粧を直しながら、声をかける。

「おはよう」

「おはようございます」

玉青の声の温度の低さに、奈央は戸惑った。玉青は気にする様子もなく、てきぱきと着替えて、さっさと部屋を出ていった。取り残された形になった奈央も気を取り直して、準備をした。

その日、仕事中私語は一切なく、ランチも玉青はいつものコンビニには行かなかったようだ。奈央がイートインでおにぎりを二つ食べ、いったんロッカールームに立ち寄ると、玉青がサンドイッチをまもなく食べ終えるところだった。

「コンビニ、寄ったの？」

奈央が訊くと「はい」とそっけない。

「お先に失礼します」

部屋にいた他の同僚に向けた玉青のあいさつに、奈央は反応するのをやめた。

――人が変わったみたい。

いや、初めてコンビニで話したときに戻っただけかもしれない。一緒に焼き鳥を食べ、栃木の施設に行ったこともすべて忘れてしまったように。

――あれは、何だったんだろう。

奈央は一人でいるのがいやではない。旅行も食事も、一人でも十分楽しめる。それなのに、今日は一人でいるのが寂しい。

退社後、会社近くのカフェにふらりと入った。ここは飲み物だけではなく、数種類のパスタが置いてあるのを知っていた。ここで夕飯を済ませようと空席を探していると、奥の方に玉青がいるのに気が付いた。向かいには見知らぬ女性が座っている。

一瞬、玉青と目が合った。奈央はそのままUターンして店を出た。

何か逃げているようで気持ち悪かったが、今は玉青の顔を見たくなかった。

＊　　＊　　＊

「どうかしましたか」

目をクリクリさせて由紀乃が言う。

「いえ、同僚がいたような……人違いかな」

一瞬目を離した隙に、奈央の姿は消えていた。店内にも見当たらない。こちらを見て出ていったのかもしれない。

「お友だち？」

「……友だちなんて、いません」

ラインのやりとりを見ていると、奈央と洋海はずいぶん親しくしていたようだ、栃木の母の施設にまで付き添ってもらったらしい。短い間に洋海にとっては頼れる存在になったみたいだが、玉青にとってはただの同僚でしかない。

「まぁ、問題はどこにでもありますから。うちの保育園でも」

羽流のいる保育園のもめ事は気になるが、大人同士の話だ。園児まで巻き込むようなことが起こらなければいい。

「そういえばこの間、会った男の子、覚えています？　三輪《みわ》羽流くん」

心臓がビクンと跳ねた。

「あの、ハイタッチした子、ハルくんね」

「あの子、ほんとうにかわいいんです！　あ、保育士は園児に分け隔てなく接しなければいけない仕事ですけど、やっぱりかわいい子はかわいいですよね」

ぺろっと舌でも出しそうな表情で、由紀乃は本音を漏らした。

「たしかに、そうですね」

苦笑して、膝の上で自分と握手するみたいに両手をつないで握る。自然と口元が緩む。

羽流はかわいい、自分にとっては当たり前だが、あらためてそう言われると嬉しい。

由紀乃はストローで生クリームをかき混ぜている。なかなか本題に入らないのを不思議に思いながら、手持ち無沙汰になってグラスに手を伸ばして口をつけた瞬間、由紀乃は軽い調子で言った。

「ハルくんって、大倉さんのお子さんですよね」

気管に水が入り、むせて咳《せ》き込んだ。

「大丈夫ですか？」

由紀乃の呼びかけに、頷いて応えた。

咳《せき》が止まるとゆっくりと息を吸って、そして吐いた。どうして知っているのだろう……心を落ち着けなければと思えば思うほど、動悸が激しくなる。こちらを見ながら由紀乃はストローを軽やかに回して、口角を上げた。

「大倉さんて、嘘のつけない人ですよね」

「…………」

なぜ羽流の母だとわかったのか、洋海が話したのかもしれない……膝に視線を落とし、次の言葉を探した。

クルクルとストローを回す手を止めずに由紀乃は話す。

「だって、すごく似ていますから。ハルくんと大倉さん」

伏せていた顔をあげて、由紀乃を見た。

「似て……ますか」

「よく似ていますよ、笑ったときなんか……成長すると顔は変わっていくけど、耳の形は一生変わりませんし」

自分の耳も、羽流の耳の形もきちんと見たことがなかった。

「それに、あんなに頻繁に保育園に来ていたら、誰だって、何かあるのかなって思いますよ」

たしかに妙だと思われるのが当たり前だ。つまり由紀乃が気づいただけで、誰から聞いたわけでもないらしい。

「誰にも言っていませんから。驚かしちゃってすみません」

誰にも言っていない――由紀乃の言葉に安心する自分がいた。

養子に出した子どもの様子を毎日見に来ている本当の母親、その心情が簡単に理解されるとは思えない。

「……複雑な事情があるんですよね」

「ええ……」

「その事情、聞かせてもらえませんか？」

「え？」

由紀乃は鞄から一冊の本を取り出した。

「この本なんですけど」

手渡された薄い新書のタイトルを読み上げる。

「『わたしたちの選択　家族になりたかった』、ですか」

由紀乃は頷いて、著者名を指さした。

「この著者、刊行当時はわたしの友だちで……今はわたしの夫なんです」

裏表紙側から奥付を開くと、発行日は二〇一四年七月一四日とある。著者の名前は辻《つじ》直樹《なおき》。

「この辻さんが、由紀乃先生の旦那さん」

「はい」

由紀乃は少し誇らしげに微笑んだ。

奥付にある辻直樹の紹介文には一九八六年岐阜県生まれとある。学歴をはじめとした簡単な紹介の最後に「この本は初めての著作である」と書いてあった。目の動きで略歴を読み終えたのかを確認したのか、由紀乃はおもむろに口を開いた。

「彼、本業はノンフィクション作家なんです。今はフリーのライターとしての仕事が多いんですけど。それで、大倉さんへのお願いというのは、彼に大倉さんご自身のことを聞かせてもらいたいんです」

「わたしの、ですか」

「はい、単刀直入に言えば取材のお願いです」

「……何を」

一体何を訊こうというのか、見当が付かずに戸惑った。

「その、ハルくんとのことで」

「羽流のこと？」

「本当の子どもと別れて暮らす理由とか、特別養子縁組に出した理由とか、そういうことです」

「……それは」

これまで誰にも話したことがない。明かすなんて考えたこともなかった。

「もちろんプライバシーは守ります。ハルくんや大倉さんに迷惑が掛からないようにしますから」

プライバシーなんて言葉を持ち出されると、腰が引けてしまう。その気持ちを察したように由紀乃は付け加えた。

「原稿は事前に確認していただきますし、そのうえで、お話の内容でどうしても出してほしくないというところはカットします。あ、ちなみにこの本は」

そう言いながら、わたしの手元の新書を指さした。

「有名なノンフィクション賞の最終選考まで残ったんですよ。それもデビュー作で」

「……すごい、ですね」

「編集者にも期待されているんですけど、彼自身も、同じテーマで内容を深めていきたいと思っていて、今はこの取材に全エネルギーを注いでいるんです」

熱っぽく語った由紀乃は、一瞬ハッとした表情を浮かべて、照れたように笑った。

「ごめんなさい。つい熱くなって……」

辻直樹氏のことは知らないが、夫を思って行動する由紀乃の情熱に圧倒された。

「大倉さんのことは以前から気になっていたんです。最初はハルくんを熱心に目で追っているので警戒していたんですけど、『あ、もしかしてこの人はハルくんのお母さんかも』とピンときて、夫に話したんです。そうしたら彼、ぜひ話を聞いてみたいって。大倉さんにとってもいい話だと思うんです」

「……わたしにとって、何がいいんですか？」

「ハルくんのためになるからです」

「羽流の？」

由紀乃はグラスを押しのけて、少しだけ体を前のめりにし、わたしにだけ聞こえるように話した。

「大倉さんがハルくんを養子縁組に出されるまでのことや、その時のお気持ちを取材して残しておくことは、将来ハルくん自身が出自を知りたいと思ったときに、母親である大倉さんの事情を知る一番の手がかりになると思うんです」

どんな事情であれ、わが子を手放してしまった、その事実は消えない。でもいつかわかってほしかった。断腸の思いで養子に出したこと。その後羽流を見つけ出したこと――。

由紀乃は、わたしが返した本をテーブルに置くと、すがるように見つめてきた。

「どうか、力になってください。お願いします」

「……ちょっと考えさせてください」

頭を下げる由紀乃に、どう返せばよいのか迷う。

「もちろん、じっくり考えてください……と言いたいところなのですが、できれば早めにお返事を頂けると助かります。編集者からせっつかれているみたいなんです。勝手ばかり言ってすみません」

新書を自分の手元からわたしの方に滑らせて置くと、由紀乃は最後にこう付け加えた。

「もし取材を受けてくださるなら、わたしも大倉さんの力になりますから」

もう一度頭を下げ、先に席を立って出て行ってしまった。

いつのまにか店内は満席になっていた。ざわめく人ごみの中、すっかり冷めてしまったコーヒーに口をつけた。

今店を出ていくと、再び駅で由紀乃と顔を合わせることになりそうだったので、しばらくカップの黒い液体を眺めていた。表面の黒が揺れるのを見ていると、洋海の体にいたときのことを思い出した。暗い海に潜ったかのような、自分の呼吸音しか聞こえない空間――。

一〇分ほどして店を出ると、仕事帰りの人々の波に乗って、運ばれるように駅へと向かう。帰りの電車は比較的すいていた。空いた席に座って、由紀乃から渡された新書を開いた。

この本の主なテーマは家族のあり方のようだ。

生殖医療で子どもを得た人、養子縁組で結ばれた絆《きずな》。血縁に限らない家族、親子が何組も登場する。

ここに出てくる人は誰もが家族を求めて、子どもの親になろうとしている。切実に繋がりを求める親に共感する自分がいた。辻直樹氏はこの本のテーマをもっと深めていくつもりだと由紀乃は言っていた。

今の羽流の親もまた、何らかの事情で実子を持てず、養子縁組を選択しているのだろう。それなのに現在の親は玉青が知る限り、一度も羽流を保育園へ送ってはこない。いつもシッターが送ってくる。あの子は望まれて引き取られたはずなのに……。

——わたしなら、もっと大事にする。そしてもう二度と離さない。

胸元にいる幻《まぼろし》の羽流を抱きしめるように両腕を交差させた。

ふと由紀乃の最後の言葉を思い出す。

「もし取材を受けてくださるなら、わたしも大倉さんの力になりますから」

力になる……その言葉に含まれる意味を考えていた。

＊　＊　＊

カーテンのすき間から、光がこぼれてきた。まぶしい明かりを浴びると、どれだけ眠くても心は覚醒し始める。無理矢理体を起こし、水で顔を洗う。フルーツやシリアルなどの朝食をとって体を目覚めさせていく——繰り返される朝の儀式。

つい最近のことなのに、随分昔のことのようだ。洋海は天井を向いたまま、玉青の体の中で迎えた朝を懐かしんだ。

洋海は自由に動くこと、話すことに憧れながらも、端《はな》からあきらめていた。朝が来ても夜を迎えてもこのベッドの上でしか生きられない、それが自分の運命だと受け入れるしかなかった。

そんなあるとき、声が聞こえた。

誰かがそばにいる。その人の気配が濃くなって、すぐ近くにいる、と感じた。

もっとそばに来てほしい。そう念じながら、心の中で呼びかけてみた。

（たまお）

ずっと昔……父と母が聞かせてくれた名前だった。自分には会ったことのない姉妹がいる。いつか会いたい——ずっと玉青と話したかった。

（死にたい）

唐突にそう聞こえてきた。どこからか、死にたいと願う意識が流れ込んでくる。

その内なる声の主が玉青だった。


玉青に会えた日、洋海は力を振り絞って声を出した。それまで自分にそんな力があるとは知らなかった。

そのとき、玉青は自分自身の死の願望に気づいていなかった。だからあえて自分からは言わずにおいた。

玉青の心を知って、洋海はこう言いたかった。

——死ぬくらいなら、その体をください。

ほんの数日間でも自由に生きたい。そうでなければ、何のために生まれてきたのか。

ずっとこの檻《おり》のような体に閉じ込められたまま、死を待つだけなんて嫌だ。

そうして入れ替われた。すべては互いの願望が一致したから。

玉青は自分の苦しみから逃れるために、自ら体を離れ、その体に洋海の心は宿った。

体が入れ替わってから玉青としての時間を過ごし、生きることのままならなさを知った。複雑に絡み合う現実に対処しきれない自分の幼さを思い知らされ、結局元の体に戻った。

一方で、玉青は動けない洋海の体で生きる気力を取り戻し、元の体へと帰っていった。

そんな玉青を冷めた目で見てしまう。

——死にたいなんてしょせん一時の感情だった。

死にたい人が朝食の栄養バランスを気にするなんておかしい。玉青は一時の感情に呑まれていただけだ。青島のこともそう。

皮肉な結果に笑いすらこみ上げてくる。互いが望んで入れ替わり、再び元の体に戻ることを望んだ。結果、振り出しに戻った。

でもひとつだけ戻らなかったことがある。

洋海の心の中には、強烈な願望の種が蒔《ま》かれていた。このベッドの上では知ることのなかった自由という種。

心の中で芽を出し、蔓を伸ばして願望の花を咲かせたい。やっと咲いたその花を誰にも摘《つ》ませたくない。自由に咲かせたい。そして実を結ばせたい――。

それなのに体は悲鳴を上げていた。自由への願望が膨《ふく》らみ、躍動する心に反して体の節々が痛み、息が苦しくなっていた。

この体で許されている自由は少ない。考えること、呼吸すること、そのどちらか一つが奪われれば、死んでしまう――。

瞬間、ゴリッと顔の奥の方で硬いものがこすれる音がした。

＊　＊　＊

翌日、いつも通り目覚めて、歯を磨くと奥歯に違和感があった。口を開いて鏡を見てみたがよくわからない。

会社と同じ建物に入っている歯科に電話すると、たまたま直前にキャンセルになった枠が取れた。

歯の手入れは几帳面《きちょうめん》な方で、虫歯もほとんどなかった。違和感の原因として思い当たることといえば、洋海と入れ替わったことくらいしかない。

習慣で行っていることは体が入れ替わっていても同じようになされていると思っていたが、ひとつひとつを洋海に確認したわけではない……。

やはり体を貸したことは間違っていた。

たとえ妹でも別人格だ。体を取り戻してから、そういう思いは強くなるばかりだった。

でももうこの体を離れることはない。死ぬまでわたしはこの体と生きていくしかない。シリアルとヨーグルト、りんご半分の朝食をとりつつ、これからの段取りに心を移した。

いつもの時間に家を出て、五分ほど後にはイチョウの木の下で、羽流の登園を待っていた。しかし園児を迎える由紀乃の姿が見当たらない。

動いていると気にならないが、じっとしていると足元から寒さが這い上がってくる。冷えた手をコートのポケットに入れると、中に何か入っていた。

入っていたのは覚えのない白い小さな巾着袋。洋海のものかもしれない。悪いと思いつつ、巾着の口を開けて中身を確認すると、青い石のピアスだった。

洋海が買ったのだろうか。財布にはカードのレシートが入っていたが、一番大きな額は病院への支払いで、財布の中身も目立って減っているようには思えなかった。

今度病院に行ったときに渡してあげよう、とポケットに戻す。

いつも登園する時間になっても羽流の姿はなかった。あきらめて踵を返して、駅へと向かった。これ以上待つと、会社に遅れてしまう。待ちながら奥歯をかみしめていたのか、痛みが走った右頬に手を当てた。

昨日の夕方、由紀乃と会ったことや取材依頼のこと、力になると言われたことが、まるで夢の中の出来事だったように思えてくる。洋海に体を貸していたことも幻だったと言われたら頷いてしまいそうだ。

いつか羽流が生みの母の事情を理解してくれる日がくるなら、取材を受けてもいいかもしれない。でもそんなにうまくいくものだろうか。逃げた父と軽率な母に呆《あき》れかえるかもしれない。羽流に誤解され、嫌われるくらいなら、真実を明かさない方がいいようにも思う。

急ぎ足で駅へと向かい、ホームで電車を待つ間に由紀乃あての短いメール文を作成した。

（由紀乃先生。今日、姿が見えなかったのでどうされたのか気になってメールしてみました。　大倉玉青）

素っ気ない文章だが、そのまま送った。取材の件は、受けるかどうかまだ決められず、あえて触れずにおいた。

午前の勤務を終えて、同じ建物の下の階にある歯科へと行った。この歯科は会社の休み時間に行けるため、社内にも患者が多い。それだけでなく、腕が評判になっていてわざわざ遠方から通ってくる人もいると聞く。予約時間の少し前に受付で診察券を預けると、ほぼ時間通りに名前を呼ばれて、診察台に横になった。歯科医は丁寧に口の中を診《み》ながら、歯科衛生士に数字を挙げていく。

「見た目では虫歯はないようですが、念のためにレントゲンを撮って確かめます。あと奥歯がすり減っていますね」

台が起こされうがいをしていると、おそらく六〇代後半だろう男の歯科医は手を洗いながら説明した。

「歯ぎしり、指摘されたことありませんか？」

ペーパータオルで手をぬぐいながら、歯科医は言った。

「一人暮らしなので……」

「歯ぎしりは他人に指摘されないとなかなか気づかないものです。寝るときにマウスピースをしてみますか？」

「……した方がいいんでしょうか」

「前回いらしたのが……えっと半年前か」

歯科医は電子カルテを見ながら確認する。

「約半年でこんなに歯がすり減ってますねぇ……ストレス、たまっていますか？」

「ストレスですか、歯ぎしりの原因は」

「かみ合わせもありますが、半年前まで何ともなかったしね……」

淡々とした口調の歯科医だが、患者の気持ちには敏感そうだ。原因について考え込む玉青を励ますように付け足した。

「歯には本人にもわからない様々なことがあらわれますから」

口腔《こうこう》は自分では見えない。ストレスも目に見えない。いつのまにかたまってあふれ出たときに何らかの症状があらわれる。自分の意思ではどうにもできないのだから、とマウスピースを着用してみることに決めた。

歯科を出て、ランチを買おうとコンビニに寄ると、ちょうど店内から出てきた伊月奈央と鉢合わせた。

すれ違う際に目礼し、店内に入ってペットボトルのお茶と二つのおにぎりを買った。これならロッカールームですぐに食べられる。残った休憩時間を気にしながら店を出ると「玉青さん」と呼びかけられた。

腕組みをした奈央が店の出入口脇に立っていた。

「ちょっと話があるんだけど」

「……まだお昼を食べていないので、歩きながらでもいいですか」

そう言って歩き出すと、奈央は一歩遅れてついてきた。

「この間から気になっていたのだけど、わたし何かあなたの気に障るようなことした？」

「……いいえ」

「じゃあどうしてそんなに態度を変えるの？」

――あなたと仲良くしていたのは、わたしじゃない。妹の洋海よ。

そう言ったらどんな反応をするだろうか。

「何か、可笑《おか》しい？」

奈央は睨《にら》むような目つきになった。知らず知らずのうちに笑ってしまっていたらしい。

「ごめんなさい、そういうつもりじゃ」

「じゃあ何なの？　なんだか人が変わってしまったみたいで……」

……入れ替わっている間に、洋海が奈央や青島とどんな風に接していたのかを知らなすぎるのかもしれない。

奈央は周囲に目をやって、声を潜めた。

「……子どもが、あなたに子どもがいること。驚いたけど話してくれて嬉しかった」

足を止めて、奈央の方に向き直った。

「……誰にも言わないでください」

「言うわけない。約束したでしょう」

「お願いします。わたし、急ぐので」

言い切ると、歩を進めた。奈央は呆気《あっけ》にとられたようにその場から動かなかった。

　急いでロッカールームに行き、中に入ると幸い誰もいなかった。部屋の真ん中に設置されたスチール製のテーブルにコンビニの袋を置き、椅子に腰を下ろした。

　動悸が止まらない。何度か呼吸を繰り返し、ペットボトルのお茶を一口飲んだ。

　深いため息が出た。

　羽流のことを明かすなんて……洋海は何てことをしてくれたのだろう。それくらい奈央を信用したから？　だとしても洋海にそのことを話す権利などない。あの子が妹で、体が一時的に「大倉玉青」であったとしても、秘密にしていることを勝手に漏らすなんて……。

　まさか青島にも話した？

　本人に訊いてみるしかない。

＊　＊　＊

　目は、ものを見るため。口は、ものを食べて、話をするためにある。

　鼻も眉も耳もあらゆる体毛も、何もかも必要だから顔に存在する。きちんと調べたことはないが、耳はいいはずだ。洋海は耳からかなりのことを知った。呼吸機能が弱まっているが、それでも鼻はまだ機能している。

　でも目はどうだろう。もしかしていらないのかもしれない。だってほとんど見えないのだから。

ものを食べず話さないなら、口も歯も必要がない。

けれどこの顔には目も口もついている。

玉青と体を入れ替わって、初めてベッドに横たわる自分を見た。滑らかな肌をした小柄で痩せ気味の女の子――自分だと言われてもどこかピンとこない。

その子は目も口も閉じていた。だからといって見えない目と話さない口は必要ない、となくしてしまったら、一体何をもって顔と言えばいいのか。目が役に立たなくても、口が飾りであったとしても、あってよかったと思った。

今、その飾りに、小さな変化が起きた。

口の奥で音がした。

ごく小さな音だったが、自分の中で音がして、何かが動いたということ自体、これまで覚えがない。

いつもは閉じた口の中で上下の歯がこすれることはない。舌は上前歯の裏にそっと添えられたままでいる。それなのに今は、上と下の奥歯がぶつかっている。

何かを感じる。現に奥歯がぶつかっているということは、何かが変わっているのだろう。

歯だけではなく、体の奥で何かがうごめいている。自分の身に何かが起きようとしている——。

来た。

近づいてくる。玉青が会いに来る。そして別の何かもすぐそばに来ている。

今度は予感ではなく、洋海は確信していた。

*　*　*

会いに来たはずなのに、訊きたいことがあるのに、足が進まない。どうしてこんな気持ちになるのだろう。

でもう洋海は気づいているだろう。わたしが病室の扉前にいることに。

あのベッドにいたとき、わたしも同じように洋海の気配を悟った。かすかな気配でも感じられた。

ほんの小さな室外の波を察知できるほど、あの体は静かだった。

意を決してドアをスライドさせ、目隠しのカーテンをくぐり、ベッドへと歩みよった。

(……やっと来たね)

洋海の様子は変わらないように見えた。

(待たせちゃったね)

洋海の肩口に視線を落とす。薄い布団越しに浮き出た体つきの薄さが気になった。

(長く待った気もするけど、ここでは時間がわからないから)

(そんなには……経ってないよ)

会いに来なかったことを責められても仕方がない。その気持ちが痛いほどわかる。

(ちょっと触っていい？)

(うん)

そっと洋海の胸元に手を置いた。

(まだ生きているわよ。心臓も動いてる)

洋海の表情は変わらないのに、笑っているように見える。わたしはなるべく平静に告げた。

(違うの。ねぇ、洋海は、その、生理ってあるの？)

(……わからない)

(始まっていないってこと？)

戸惑うような洋海の様子が伝わってきた。

掛け布団の上からでも体形は想像できたが、まさか……。洋海くらいのとき、自分の身にも同じ変化が訪れていたからわかる。

第二次性徴《せいちょう》――。

寝たきりで、死が近い妹にも訪れるのか――自分にとっては随分前に過ぎてしまった大きな成長期だったが、変化に慣れるまで時間がかかった。

ある年齢を迎えると、子どもは追い立てられるように大人の体に成長する。意思とは関係なく起こる体の変化について、当時保健体育の授業で「生理が始まったということは将来子どもを産む準備をしているんです」と先生が言っていたが、ただ面倒なことが始まったようにしか思えなかった。

（変わったところはある）

洋海は心細そうな声を出した。

（どこが？）

（口の奥の方の歯）

奥歯に意識が向き、舌先でそっと触れる。

（……玉青もなの？）

ハッと洋海の顔を見る。洋海は、相変わらず横たわって目を閉じている。

洋海は心を読めるんだった。

（読んでいるわけじゃない。玉青の考えていることが流れ込んでくるの）

聞こえてくる洋海の声には感情があらわれているのに、その表情はまったく動かない。

最初からそうだった。考えていることは洋海に伝わってしまうのだ。

（……わたしには洋海の心が読めないのに、なんだか一方的だね）

心を覗かれるのは嫌だ。

（本当に覗いてなんかいないよ……たぶん玉青にもわたしの心は伝わるはず。まだできないだけで）

そう言われても疑いが残る。いっそ覗いていると言われた方が、すっきりとするかもしれない。

（玉青、ほんとだから）

洋海を責めているわけじゃない。

（玉青の体にいたとき、困ったことが起こると玉青の意識や記憶が流れ込んできて、わたしを助けてくれた……ひとりじゃなんにもできない）

（……わたしは何も覚えていないし、洋海の体にいて、助けた記憶もない）

洋海が言うことが本当なら、それはある意味自己防衛。洋海がいる自分の体を守るためにしたまで――。

今思ったことも、洋海には伝わっているのだろう。絞り出すように洋海が言った。

（聞こえてくるだけなの……本当に）

聞こえてくる声に耳は塞げないだろう。開き直りの心境で、もっとも訊きたかったことを口にした。

（羽流のこと、どうして伊月さんに話したの）

覚悟していたのか洋海は深く息を吐いてから、話し出した。

（……つい勢いで……どうして言っちゃったのかな。でもほかの人には話していない。奈央さんは信頼できる人だから、きっと誰にも言わないと思う）

（そんな印象、当てにならない……それよりどうして話したのか、知りたいの）

聞こえているんでしょ？　そうダメ押しすると、洋海は何度も言いよどみ、言葉を探りながら話す。

（……羽流のことを、誰かに話したかった。わたしにあんなにかわいい子どもがいるって、知ってもらいたかった）

（あの子は洋海の子じゃない）

（……うん。わかってる）

（もう帰るわ）

返事を待たずに立ち上がると、そのままドアへ向かった。

（また……来てくれる？）

すがるように洋海が言う。

（またね）

そう返すのが精いっぱいだった。

この体から離れたときに、命は手放したも同然だった。どうなっても構わない。ただ死ぬほどの勇気はなかった。だから洋海に体を貸せたのだ。自分の狡《ずる》さを棚に上げて、洋海を責めてしまった——ひどい姉だ。

自分への嫌悪感を振り切るようにやみくもに歩いた。いつしか息が切れて、足を止めてようやく振り返る。

いくつもの高層ビルに遮られて、病院は見えなくなっていた。

＊　＊　＊

玉青が去って、また一人になった。

でもこれが日常。ただ元に戻っただけだった。

寝返りがうちたい。

天井ではなく、横を向きたい。

ピクリともしない体へいら立ちが込み上げた。

あんなに怒る玉青を見たのは初めてだった。この病室で初めて会ったときから、玉青の考えていることはほとんど自然と伝わってきた。それを知っているはずなのに、どうして今さらあんなに嫌がるのだろう。

おそらく羽流のことが原因なんだろう。

奈央に羽流のことを話した理由は自分でもよくわからない。でも言った通り、羽流のことを誰かに知ってもらいたかっただけだ。そう考えた後、泥のように心に沈殿している気持ちを自覚した。

玉青の体を自分のものにしたかった。

そうなれば玉青から生まれた羽流は自分の子になる。無理だとわかっていても、夢を見てしまった。ほんの数日だけの夢……それすら見てはいけなかったのだろうか。

そして青島のこと。

洋海は青島に対してこれまで感じたことのない思いを抱いていた。

膝の上でくつろぐ青島は、洋海にすべてをゆだねていた。猫をなでるように彼の頭をなでたとき、不思議な感情が突き上げてきた。あれは何だったのだろう。胸が甘く疼《うず》いて苦しい。あの人を両手で抱きかかえて、どこまでも落ちてしまいたくなる。

青島はまるで子どもだ。気分屋で残酷なことを平気でする一方で、すべてをさらけ出す無防備なところがある。玉青を振り回し、時に暴力をふるうくせに、これでもかというほどに尽くそうとすることもある。

相反する思いに彼自身が引き裂かれているようにも見えた。

青島のことを考え出すと、どんどん深いところへ連れていかれる。水の底の底へ引きずられるよう……この気持ちは自分自身のものなのだろうか。

玉青から送られてくる意識は、強い光を浴びると目の奥に残る黒い影みたいだった。

どんどん視界が暗くなって、雲が広がって空が見えなくなるように、本来の空の色が失われてしまった。

どれが自分の本当の気持ちなのか……洋海には区別がつかなかった。

＊　＊　＊

ひどいことをした。

あの子はあのベッドから動けず、余命いくばくかもわからないというのに、もっと姉として相応《ふさわ》しい接し方があっただろう。

洋海のことを考えているうちに、いつのまにか明かりの少ない寂しい場所へ来てしまった。ポケットに入れっぱなしのピアスも渡しそびれてしまった。

でも、これを渡したところであの子が耳につける日は永遠に来ない。

吹き抜ける風にふと汐《しお》の香りを感じた。

このあたりはもともと海だった。埋め立てられた土地はビル街となり、やがて多くの人が集うはずだった。でも大きな地震が起きて計画がいったん白紙に戻った。残ったのは、一面草に覆われた広々とした土地。

埋め立てた分だけ、海は失われる。

わたしが洋海に一時期体を明け渡したことは、海が埋め立てられて土地になってしまったのと同じ……元の海にはもう戻れない。そういう風に考えてしまう。

着信音がして、スマートフォンをバッグから取り出した。由紀乃からのメールだった。

（今日は体調不良でお休みしました。ご心配おかけしてすみません。取材の件、どうぞ前向きにご検討ください。よろしくお願いします。　辻由紀乃）

取材のことは、半分くらい気持ちを固めていた。ただ最終的な返事はまだできない。率直に自分の気持ちを返信した。

その直後、青島からラインのメッセージが入った。

（今、どうしてる）

元の体に戻って以降、自分からは連絡できずにいた。関係を清算しようと決めたのに、先送りしてしまっていた。

この人といても幸せにはなれない、そうわかっていても決断できなかったのは、愛しているからじゃない。依存しているからなのだろう。

金銭面でも、精神面でも。そばに誰もいなくなるのが怖かった。

（会えないか）

一人でいるのは辛い。こんな自分を受け入れてほしい。

今から行く、と指が勝手に動いていた。

青島から指定された店に電車で向かう間、車窓に映る自分の顔が一瞬、自分ではない誰かに見えた。

たどり着いた店は、ターミナル駅から歩いてすぐの古いビルの地下にあった。階段を下りて木製の扉を開けると、暗い店内からふわりと煙草の匂いがした。

「いらっしゃいませ」

髪をきれいになでつけた店員がカウンターの向こうで言った。店内は左手奥に向かってカウンターのみで、席は八割がた埋まっている。

店員に「待ち合わせで」と伝えながら青島の姿を探す。すると奥の方に覚えのある背中が見えた。

別れようと思ったはずなのに、久しぶりに会えた喜びが胸に広がる。好きとか嫌いとかの感情を超えて、この人とは心の寂しさを共有している。だから離れられないでいる。背中に近づいて声をかけようとしたそのとき、彼のさらに奥にいる女と目が合った。

「あ」

女の茶色くカラーリングされた髪が明かりの下《もと》で艶めいて見えた。

手前の背中がゆっくりと振り返る。やはり青島だった。

「こんばんは……」

平凡な挨拶になってしまう。青島はこの女といつから一緒なのだろう。

「どうしたんだよ」

青島は少し酔った口調だ。

「……ここにいるからって」

会えないかって言ったから、ここに来たのに。言葉は喉元まで来ているのに、なぜか出てこない。

「こないだ会いましたよねー、店の前で」

長い髪の女が親しげに言う。この店に来たのは初めてだ。どこかでこの女と会った記憶はない。

「いえ、人違いじゃ」

「会いましたよ。ねぇ」

そう言いながら女は青島に目をやった。

青島は意味ありげに笑うだけで、何も答えない。

いったい何のために呼ばれたのか……自分が見世物にされているような気がして、惨めになった。

「わたし、帰ります」

「そう言うな。座れよ」

長い腕を背中にまわしてくると、女の反対側へ誘導する。迷いつつ、青島の隣の高いスツールに座った。

間髪いれず店員がメニューを渡してきて、しぶしぶジントニックを頼んだ。ちらりと青島を横目で見ると、煙草に火をつけている最中だった。見慣れているはずなのに、こういう青島の何気ない仕草に見入ってしまう。

ドリンクが置かれると、青島の向こう隣に座る女が「乾杯」とシャンパングラスを差し出してきた。仕方なく青島ごしにグラスを合わせる。

「ほら、青島さんも」

やる気なさげに青島もグラスを合わせた。

「坪井《つぼい》玲奈《れな》です。青島さんの下で働いています」

「大倉、玉青です」

この人はどんな答えを求めているのだろうか。わたしと彼の関係は何なのか、言いよどんでしまった。

すると煙草を灰皿でもみ消しながら、青島が会話に入ってきた。

「彼女は大学の後輩なんだ。演劇サークルで知り合って」

「へぇ。青島さん、演劇やっていたんですか？　意外ー」

玲奈は初めて聞いたのか、少し驚いた様子だった。

青島は記憶をたどるように学生時代を振り返って話し始めた。学生でありながら、学外で演出したり、卒業後に劇団から声を掛けられたりもしたが、結局辞めてしまったことまで。

「夢では食えないからね。おれ、現実主義者だから」

青島の話に誘われて、あの頃を思い返す。父も健在で、母も元気だった。青島に憧れながらも、ただ遠くから眺めるだけで満足している、どこにでもいる女子大生だった。

青島がトイレに立ち、玲奈と二人残された。

玲奈は目も合わさない。無言のまま、グラス半分ほどのジントニックを飲み干した。

青島が戻ったら席を立とう。

トイレの方を気にしていると、視界に入った玲奈がシャンパンを一口飲んで、顔にかかる髪を耳にかけた。ふと、揺れる小さなものが目に留まった。

あのピアスによく似ている。

視線を感じたのか、玲奈がわたしを見て口元だけで笑う。

「フィレンツェのお土産です。きれいでしょう」

玲奈の声を合図にして、体が沈み込み、深みへと潜っていくような感覚を覚えた。

「玉青！」

遠くで青島の叫ぶ声がする。視界がスローモーションになり、天地が入れ替わった。

気づけば鳥のように両手を広げて空を飛んでいた。玩具《おもちゃ》の家を隙間なく並べたような街を見下ろしていくと、見覚えのある空間を見つけ、ゆっくりと降下していった。

＊　＊　＊

七色保育園の園庭。ここには羽流がいる。

両手を操り、慎重に降りていく。イチョウの大木の脇をかすめたとき、体のどこかが枝に引っかかり、降りようとする体を引き留めた。

途端にコントロールを失い、勢いづいて地面に落ちた。

体に衝撃が走って、目覚める。洋海は夢を見ていた。

夢から覚めてもまだ真っ暗な世界にいる。玉青の体にいたときは、毎朝明るい陽射しを感じて目覚めていたのに、この体は永遠に夜が続いている。

自分を取り巻く世界のどこまでが夢で、どこからが妄想なのか、洋海にはわからない。現実には動くことも見ることもできない。夢でも妄想でも、どちらにしてもありえない世界を見ているにすぎないのだ。

けれど洋海の半身には、地面に打ち付けられたときのような感覚が残っていた。これは夢ではない、玉青の部屋のベッドから落ちたときと似た衝撃――動けないのに、どうして落ちた衝撃だけは残っているの？　自分の体に問う。

――玉青の身に何か起きたのかもしれない。

この病室に閉じ込められた洋海と、自由自在の体で外の世界に生きる玉青。危険度、という意味では、玉青の方が高いとも言える。

もし玉青に何かあれば、意思疎通できる相手はいなくなってしまう……。

でもどうしようもない。

この体には玉青の意識だけではなく、感覚も同時に送られてきているようだ。洋海が今感じているこの衝撃は、玉青が今経験しているものなのだろう。

（玉青）

洋海は呼びかけながら、どこにいるかわからない玉青の無事を祈る。なぜか両手を合わせ空に伸ばすイメージが浮かんでいた。

＊　＊　＊

「大丈夫か」

目の前に青島の顔があった。曲名はわからないが、ピアノの音が耳に流れ込んできた。店内の客はこちらを気にする様子もなく、談笑しながら飲み続けていた。

「……うん」

バランスを崩して、スツールから落ちてしまったらしい。立ち上がろうとした途端、目が回って力が入らなくなった。青島の腕を支えにして、なんとか立ち上がることはできた。

「出ようか」

青島はてきぱきと勘定して、店を出た。地上へ上る階段では青島が後ろに立って体を押し上げるように支えて、地上に着くとそのまま左横に立ち、ゆっくりと歩き出す。

「あの、坪井さんは……」

「帰った。お前が倒れてすぐに」

「そう……」

「あいつ、玉青に嫉妬したんだよ」

青島は笑った。

ピアスは青島からの土産で、洋海もまた受け取っていたということか……。玲奈もまた青島からもらったそれを見せつけようとしたのだろう。

ふいに玲奈が気の毒になった。青島はわざとわたしと玲奈を同席させたのだ。この人は玲奈との仲が深まれば、自分と同じように彼女を扱うのだろうか。

「なんだよ」

視線を感じたのか、青島が反応した。

「そういえばさ、倒れてから、手を伸ばしていただろ？」

「え」

「こうやって両手を前に……覚えてないのか」

　長い両手を伸ばしながら青島は言った。

「……どれくらい倒れていた？」

　青島は足を止めて、こちらを見た。

「一分か、二分くらいかな……お前、どっか悪いのか？　もしそうなら隠さずに言えよ」

　そう言いながら右手でわたしの左手を握った。

「……酔っぱらっただけ」

　洋海の体にいたときに、何度となく貧血のようになった。その間、この体にいた洋海に、ベッドの中にいる自分の意識が送られていたらしい。

　ということは、さっき倒れたときもそうだったのかもしれない。

　——洋海がまさか……。

　青島はちょうど走ってきたタクシーを停めると運転席の後ろに乗り込み、隣に乗るように促した。

　単なる悪い想像だと思いたかった。でも洋海の言葉が脳裏に蘇った。

（玉青の体にいたとき、困ったことが起こると玉青の意識が流れ込んできて、わたしを助けてくれた……）

青島は少しいらだった様子だ。

「早く乗れよ」

乗ろうとしたが、体が拒絶して動かない。

「……ごめん、わたし」

そう言うと、踵を返した。

「玉青っ」

青島が車内から呼びかけるが、振り向かずに歩を進め、少しずつスピードを速めて走り出していた。

＊　＊　＊

玉青の気配がした。

とても焦った様子だ。いったいどうしたというのか。

もう二度と来てくれないかも、と不安だった。こちらから行くことはできない。ただ待つだけだ。

やがてドアがスライドし、足音が近づいて止まる。

（よかった）

同時に言葉が出た。玉青は驚いた様子で、洋海に近づいてきた。

（何かあったのかと思ったわ）

（わたしも、玉青に何かあったのかと思った）

急にポコポコッと、水の中にいるような音がした。どこからか泡が生まれて、弾《はじ》けている。

玉青の送ってくる映像が瞼の裏に映る。これまでにないほど画がクリアなのはなぜだろう。

（見える？）

あの衝撃は玉青が高いスツールから転げ落ちたときのもの……そうだったのか。画がよく見えるのは、玉青が積極的にイメージを送ってきているからだ。

（スツールから落ちる前に意識が遠のいたの。洋海の体にいたときの貧血みたいな症状……あれと同じだった）

玉青は話し続ける。

（それでわたし、洋海に何かあったんじゃないかって……よくわからないけど、わたしと洋海の体のどこかが繋がっていて、そのせいで片方の身に起きたことが、もう一方に伝わるみたい）

玉青が焦っていたのは、そういう理由だったのか——いつ死んでしまうか、わからないのだから。

あと何日って命の期限を切られたほうが、残った時間を大事にできるかもしれない、メロスみたいに……そう言えば、きっと玉青は答えに詰まってしまうだろう。

（メロス……）

玉青の口から、今思い浮かべたばかりの単語が飛び出したことに驚いた。

そんな洋海の様子に気づかず、玉青は話し続ける。

（さっき、洋海のことを思いながらここに向かっているとき、メロスもこんな気持ちだったのかなぁって思ったの）

（……うん）

同じタイミングで「メロス」を想起した……そのことを偶然と考えてよいのかどうか洋海は迷った。

玉青の考えていることや体の痛みは、洋海の中に流れ込んでくる。その反対に、洋海から玉青へは伝わっていかない。強い水流は一方にしか流れていかないのか。

そして今、同じように奥歯の痛みを感じている。どうしてこんなことが起きるのか、洋海自身も戸惑っていた。

洋海の動悸はどんどん激しくなり、息が苦しくなってくる——。

（さっきはごめん……羽流のことになると感情的になってしまって……洋海は何も悪くない）

玉青は強く言い切ってから、がらりと口調を変えた。

（保育園の由紀乃先生から頼み事があるって言われてたの、覚えてる？　先生の旦那さんはノンフィクションを書いている作家でね、羽流のことを聞かせてほしいって頼まれた……どうしようか迷って……洋海？）

遠くの方で、玉青の声が響く。水の深いところへ引きずり込まれるように、洋海の意識は沈んで、曖昧になっていく。

（寝ちゃったの……）

残念そうに言うと玉青は立ち上がった。そして洋海の頭に手を置いて優しくなでた。

（また、来るからね）

そう言って、ドアへとゆっくり向かう。

玉青が遠ざかるのを感じながら、洋海は深い水の中で、必死に伝えようとした。

（た……）

玉青は一瞬立ち止まったが、すぐにドアをスライドさせると部屋を出て行った。

……すべてが泡となって、体から出ていく。上へ、上へと向かう泡を見上げるだけ――。

早く気づいて、そう願いながら洋海は、玉青を呼び続けた。

＊　＊　＊

翌日、玉青はいつもと同じ時間に保育園へ向かった。昨日は羽流も由紀乃も休みで拍子抜けした。今日こそは会いたい。

祈るような気持ちで歩いていると、数台の電動自転車が追い抜いていく。自然と足早になって、いつものイチョウの木の下にたどり着いた。

園庭の様子は昨日と変わらない。マスクをしたエプロン姿の女性が近づいてきた。

「おはようございます」

由紀乃だった。

「おはようございます」

由紀乃は右手でマスクを顎までずらすと、口元だけで笑った。

「もう体は大丈夫なんですけど、念のためマスクをしています」

「そうでしたか」

「それで、取材の件ですけど、どうでしょうか」

今日由紀乃に会えば、訊かれるとわかっていた。だからどう返事するのか、あれこれシミュレーションしていたのだ。

「わたしの……力になってくれるって言っていましたよね」

「はい」

由紀乃はじっと目を見て言った。

「取材を受けるかわりに……羽流のことを教えてほしいんです。どんな家庭で育てられているのか……どんなご両親なのか」

両親という言葉を口にするとき、針で刺されたように胸が痛んだ。生みの親なのに羽流のことを何も知らない。でもどうしても知りたい。すべては羽流に関係することだから。

「わたし、羽流の写真も持っていないんです」

別れるとわかっていながら、わたしは羽流の写真を撮らなかった。そのことは悔やんでも悔やみきれない。

「わかりました。わたしの知っていること、お教えします」

今日の夕方、この間会ったカフェで待ち合わせることにした。

「ゆきのせんせーい」

園庭で由紀乃を呼ぶ園児がいた。一瞬、羽流かと思ったが、よく似た別の子どもだった。

「ケンちゃーん」

由紀乃はあっさりと踵を返した。

それからしばらく羽流を待っていたが、昨日と同じく遅刻ギリギリまで待っても来なかった。走って駅に向かう際も、どこかで羽流とすれ違わないかと周囲を気にしていたが、それらしい電動自転車を見かけることはなかった。

羽流が二日連続で保育園を休んだのは初めてだ。具合が悪いのかもしれない。熱を出して苦しそうにしている羽流の姿が瞼に浮かんだ。でもそばには誰もついていない――。ともかく由紀乃に訊けば羽流が休んでいる理由がわかるはずと、夕方を待ちわびた。

待ち合わせのカフェに着くと、四人掛けの席に一人由紀乃がいた。

「お待たせしました」

近づいて声をかけると、立ち上がって、迎えてくれた。

「何にしますか？　ドリンク」

「え、自分で買います」

「いいえ、今日はわたしが」

由紀乃は財布を手にして「何がいいですか」と訊いた。浮かせた腰をもう一度椅子に落ち着ける。

「じゃ、コーヒーで」

「かしこまりました」

おおげさに言うと、由紀乃はすばやくカウンターに向かった。

カウンターの列に並ぶ由紀乃を見送って、バッグからスマホを取り出した。登録のない番号から着信が一件入っていた。折り返そうか迷っているうちに、由紀乃が大きなマグカップのコーヒーとチョコスコーンを載せた皿を持って戻ってきた。

「これ、新発売なんですって。甘い物、お好きですか」

「あ、ええ」

由紀乃はわたしの前にコーヒーカップを、二人の真ん中にスコーンの皿を置いた。

「ハルくんのこと、知りたいんですよね」

いきなり本題を切り出されて、そのつもりで来たのに少し戸惑った。

「……はい」

「ハルくんのご両親は三輪昌夫《まさお》さんと典子《のりこ》さん。昌夫さんは医師で、典子さんは……主婦です」

羽流の「両親」の名前と職業、それしか聞いていないのに、これまで知らなかった羽流の生活が具体的に迫ってきた。

「母」である典子さんは主婦、つまり決まった仕事には就いていない……。

「あの、その典子さんはなぜ保育園に羽流を送ってこず、いつもベビーシッターさんが来られるのでしょうか」

そう訊くと、由紀乃はじっとわたしを見た。

「……ハルくんのお母さん、典子さんにはわたしも会ったことがありません」

「え……」

どういうことなのか……保育園に来たことがない？　由紀乃はこちらの心を見透かしたように続けた。

「典子さんには来られない理由があるんです。園長は詳細をご存知ですが、わたしたちは……心の病気を患《わずら》っていて、ずっと家にいると聞いています」

「……そうなんですか」

手放した実の母親が毎日のように保育園に来ているのに、引き取った母は家で臥《ふ》せっているなんて皮肉な現実だ。

「典子さんにはお子さんがいたのですが、生まれてすぐに亡くなって、その後ハルくんを引き取ったそうです。しばらくは手元で育てていたんですが、心を病んでからは、負担になるだろう、と夫の昌夫さんがハルくんを保育園に預けることを決めたそうです。送り迎え、日常の世話はベビーシッターさんがやっています。昌夫さんはご職業柄お忙しくて、家のことはできないと……」

「……それじゃ、羽流はベビーシッターに育てられているようなものじゃないですか」

姿を見せない羽流の両親に対して、毎日会いに行っている玉青の愛の方が勝っていると密《ひそ》かに誇っていた。

　でも実際には羽流が親の愛情を十分に受けて育てられていないと知り、そんなうぬぼれに意味はないと心が沈んだ。

「……大倉さんのお気持ちはわかりますが、どこのご家庭にも色々事情があります。ハルくんは保育園で明るく朗らかにすごしていますし、ご両親のこともとても好きみたいです」

　玉青を励ますように言う由紀乃に、白けた気持ちを覚えた。どんな親でも子どもは育つ、そしてどんな親でも子どもはけなげに慕う、ならば羽流を手放さなければよかった。

　そして羽流に本当の親の存在を知らせることは彼を混乱させるだけだ、と痛感する。

　そのとき、由紀乃が玉青の背後を見て、手を振った。振り返ると、眼鏡をかけた細身の男がこちらへやってくるところだった。

　迎えるように立ち上がった由紀乃の隣に男は並ぶと、丁寧に頭を下げた。

「夫です」

　由紀乃は心持ち早口に紹介した。

「はじめまして、辻直樹です」

　男はそう言って、名刺入れから一枚取り差し出した。

「はい……」

なんとなく受け取り、そろって席に着いたが、頭には疑問が渦巻いていた。どこかそわそわとした様子の由紀乃がぺこりと頭を下げた。

「大倉さん、驚かせてしまってすみません」

その言葉で、夫を迎えた妻の落ち着かない様子の正体がわかった。

「今日取材を受けるとは……」

すると直樹が驚いたように由紀乃の方を向いた。

「大倉さんの了承をもらっていなかったのか？」

「うん、まだ……」

直樹は面食らった様子で、こちらに向き直った。

「申し訳ありません。てっきり今日お話を聞かせていただけるものだとばかり……出直します」

そう言って直樹が立ち上がろうとすると、由紀乃がその腕を摑んだ。

「ちょっと待って、せっかくの機会だから大倉さんにあなたから直接お願いしてみれば？」

妻の言葉に一瞬考える様子を見せた直樹は、座り直し、改めてこちらを見た。

「大倉さん、お時間よろしければ、わたしから取材内容について説明させていただきたいのですが」

「はい……」

「先だって妻の方から取材依頼させていただきましたが、本来ならわたしから直接お願いすべきでした」

直樹の話は、由紀乃から聞いていた内容とほとんど変わらなかったが、より説得力を感じる部分があった。直樹が自身の話に触れたところだ。

「養子縁組の話を書きたいと思ったのは、わたし自身が養子だったからです。成人してからその事実を知って、本当の親を捜したのです」

「逢えたんですか、その、本当のご両親に」

直樹はゆっくりと首を振った。

「どこにいるのか、見つけることができませんでした。育ててくれた両親には感謝していますが、自分のルーツを知りたいと思うのは自然な感情だと思います……おそらくハルくんも成長して、そう考えるときがきます」

羽流が自分の出自を知って、いつか親の行方を捜す——そのとき、どんな顔をして迎えればよいのだろう。

「その日のために、大倉さんのお気持ちを記録として残しておくのは、ハルくんのためになります。そして大倉さんご自身の気持ちの整理をするのにも役立つはずです」

お腹の子どもの父親だった齋藤が消えて、どうしていいのかわからないまま、生まれた子と引き離された。やがて父が死に、母を施設へと送って、独りになった……出来事は覚えているけれど、そのとき自分が何を思っていたのか、どういう判断をしてきたのかは曖昧だ。

「……たしかに、自分でも気持ちの整理はついていません。あのときああしてれば、こうしてればと……後悔するばかりで……何が正しかったのかわからないままです。今さらですが、自分の主体性のなさを実感しています。自分の人生なのに、どこか流されてきたような気が……」

話すほどに情けなくなってくる。思わずため息が出た。じっと聞いていた直樹はゆっくりと口を開いた。

「このあたりで、振り返ってみませんか。大倉さんご自身のことを」

由紀乃が先に帰ってから、取材は始まった。

初対面の直樹と二人きりになって緊張したが、圧を感じさせない穏やかな印象の直樹と向き合っていると、次第にリラックスし、話したいことが内側からあふれてくるように感じた。

カフェが混み合ってきたこともあり、場所を和食店に変え、それでも話が終わらずに静かな場所を求めてカラオケボックスに入る。飲み物を注文したきり、ひたすら話す。思い出しながらの話だったので、時間軸を行ったり来たりしたが、時々混乱しながらも話し続けていた。

「時間も遅くなってきたので、いったん切り上げましょう。大倉さんは明日もお仕事ですよね」

　直樹に言われて、スマートフォンの時計を確認すると一〇時を過ぎていた。電話の着信が何度も入っていた。どれも同じ、覚えのない番号だった。

　カラオケボックスを出てから、歩いて帰る、という直樹と別れて、急いで駅へと向かう。

　ホームで電車を待ちながら、スマートフォンを取り出したそのとき、着信があった。同じ電話番号――。

「もしもし」

　口元を手で覆《おお》って電話に出た。

「もしもし玉青さん？　石川です」

　覚えのない名前――でも向こうは知っている。

「電話番号を間違えたのかと思った……わたしのこと、わかる？　栃木の」

　電車を待つ列から外れて、ホームの壁際に寄って答えた。

「……お手紙をくださった」

「そう、栃木で一度お目にかかりました」

洋海が会った石川さんだ。母がいる施設に勤めている母の昔馴染み——でも今まで電話なんてかけてきたことなかったのに——ハッと背中が冷えた。

「母に、何かあったんですか？」

「夕方、意識を失って近くの総合病院に運ばれて……今は眠っています。今日は難しいだろうけど、明日来られませんか？」

「……伺った方がいいということですね」

「そうです」

石川は電話口で突然咳き込んだ。

「ごめんなさい。ちょっと風邪気味で……あのね……意識が戻らないのにお母さんが、ろみちゃん、ろみちゃんって呼ぶんです……もう……」

石川はそこで言葉を切った。

——もう、会えなくなる……そう言いたいのかもしれない。

「わかりました……ともかく明日伺います」

「よろしくね……」

石川は咳が止まらないようで、苦しそうに病院名を告げると電話を切った。

　背中に何か重いものがのし掛かってくるようだった。再び電車を待つ列に並んだが、いざ電車が来てみてもなぜだか動けなかった。後ろの人が横をすり抜けて電車に乗っていく。追い抜きざま「邪魔」と言わんばかりの視線を向けられたが、今の状況に現実感が湧いてこない。そのうち電車のドアは閉じ、ホームから離れてしまった。

　体を引きずるようにしてホームのベンチにたどり着き、腰を下ろした。

　母がいなくなる——想像するだけでも怖かった。

　無意識にスマートフォンを取り出し、ラインのアプリを開く。青島にメッセージを打とうとして、指を止めた。

　昨日別れて以来、青島から何の連絡もこない。きっと怒っているのだろう。謝りたかったが、タクシーに乗らなかった理由を訊かれてもこたえられない。

でも母が亡くなれば、これ以上金を借りる必要はなくなるだろう。そうすれば青島は離れていくのか……。それとも、自分から離れるのか……。

　明日、栃木へ行くなら派遣先と会社に連絡しなければとわかってはいるが、頭が混乱して何も手につかない。奈央の顔が浮かび、ともかくメッセージを打ち始めたが、あんな態度を取ったあとで、図々しいにもほどがある、と指が止まった。

　顔をあげると、ホームを行き交う人たちの姿が視界に入った。これから家へ帰るのだろう。酔っ払ってふらついている男性やグループではしゃいでいる女性たちを羨みながら、自分の心許なさを振り返った。

いつか羽流に自分のことを知ってもらいたい、と取材に応じたものの、真実を知ることがあの子にとって必ずしも良いこととは思えない。

母も羽流も手の届かないところへ行ってしまったら、これから何を支えに生きていけばいいのか。

死の間際になって、なぜ母は洋海を呼ぶのだろう。ずっとそばにいたのは洋海じゃない……あの状態で連れていけるわけないのに。

誰にも頼れない。それは自分のせいだとわかっている。

——誰もわたしを必要としていない……。

次の電車を知らせるアナウンスが流れると、電車のライトが先行して線路を明るく照らし出す。

——今立ち上がって白線まで進み、あと一、二歩前に行けば、楽になれるのだろうか。

死ぬ勇気も生きる気力も出てこない。無駄に同じ場所をぐるぐると回り続けているだけ……どうしてこんな人生になってしまったのか。

バッグを膝の上に置いて両手で抱え、その上に顔を伏せてあふれる涙を隠した。

再びの夢

「大丈夫ですか……」

顔をあげると、駅員がこちらを覗き込んでいた。

「次が最終電車ですよ。動けますか？」

「はい……」

安心したように頷くと、駅員は行ってしまった。ホームにいる人は数えるほどだった。

これは夢だろうか——顔に手を当ててみる。そっと立ち上がって足を交互に動かしてみた。ちゃんと地面を踏めている気がしない。力を込めて再びコンクリートのホームを踏む。

するといきなりスマートフォンが震えた。電話の相手は奈央だった。足を止めて電話に出た。

「もしもし、伊月です」

気が急《せ》いたような口調が耳に飛び込んできた。

「奈央さん……」

「……さっき、メッセージくれたでしょう。こんばんはって。それだけしか書いてなかったから気になって」

奈央の声を聞いて、やっと自分の足が地面に着いた気がした。

「あの、わたし、今駅にいます」

「どこの？　終電が出る頃じゃないの」

「次が終電だと駅員さんが教えてくれました……」

「……何かあったの」

「助けてください……」

「え」

「わたし、どうしてここにいるのか、わからないんです」

頬を流れる涙を感じながら、洋海は言った。

＊　　＊　　＊

電車が到着する度、人波が改札を通過していく。一〇分間隔で来る各停の電車がすでに二本停車し、そして出発していった。

まもなくやってきた最終の各駅停車から吐き出された人の波が、改札を通り抜けていく。その後方に、見慣れた顔を見つけた。

玉青は遠目にもぐったりとした様子だった。

改札を通り抜けると、奈央の顔を認めて近づいてきた。

「ちゃんと来られたわね」

「はい……」

「お腹、空いていない？」

「はい……空いてます」

「なんでもいい？」

「……焼き鳥が、いい」

その答えに微笑むと、奈央は地上に続く階段へ向かった。玉青はのっそりと後をついてくる。

駅から数分歩いて着いたのは、大通りから一本裏に入ったところにあるカウンターだけの小さな焼き鳥屋だった。客はカウンターに男性二人。割烹着《かっぽうぎ》姿で白髪をお団子にまとめた女将《おかみ》がすぐにオーダーを取りに来た。

「ビールとオレンジジュース」

奈央が頼むと、女将は「ビールと……オレンジジュースね」と玉青に笑いかけた。

「お友だち？」

女将は玉青に語り掛ける。

「はい」

女将がカウンター脇から裏の調理場へ消えると、奈央は向き直った。

「玉青さん……何かあったの」

玉青はゆっくりと息を吸うと、こう言った。

「元に、戻ったみたいです」

「元に……？」

「戻ったんです」

女将が「お待たせしました」とドリンクの入ったグラスをそれぞれの前に置いた。

二人はグラスを持ち上げると、目を合わせてそれを近づけた。

「乾杯」

奈央の発声で同時に飲み始めた。奈央がアルコールを体に入れるのは久しぶりだ。一人で飲むのがつまらなく感じて、このところ飲まない日々を過ごしていたせいか、アルコールが体に沁みる。ちらっと横目で確認した玉青は目を閉じている。オレンジジュースのコップを両手で包み、大切に味わっているようだ——。

「なんだか、お酒を飲んでるみたい。そんなに美味しいの？」

「……もう飲めないと思っていたから」

「ジュースなんていくらだって飲めるわよ。お代わりする？　それともあれ、頼む？」

ビールをグラス半分まで飲んだ奈央が訊いた。

「ここ、つくねが絶品なの」

香《こう》ばしい香りに反応したのか、玉青の腹が小さく鳴った。

＊　＊　＊

息が苦しい。

必死で空気を吸おうとしたが、うまく入ってこない。肺が縮んでしまったみたいだ。できるだけたくさん空気を吸おうと、浅い呼吸を繰り返す。そのうち呼吸するのにも疲れてくる。

どうしてこんなに苦しいのか。顔をあげようとして気づいた。

体が動かない。

頭の中が真っ白になる。

ここは、病院のベッド——なぜ、再び洋海の体にいるのか……。

辻直樹の取材のあと、駅のホームで石川から電話があり母の容態が悪化していることを聞かされた。それから……誰に連絡してよいのかわからず、駅のホームのベンチに座った……覚えているのはそこまでだった。

——ここにいるということは、洋海はわたしの体にいるはず。

　本人に確かめられないが、他にどこへいけるわけもない。

　再び洋海と入れ替わってしまった。そんなことは望んでもいなかったのに。

　駅のホームで何かが起きたのだろう。おそらくまた二人の気持ちが一致した……洋海は自由になりたいと思った。そして――。

　思い出した。ホームに入ってこようとする電車に心が動いた……。

　一瞬の気の迷いだ。今、死ぬわけにはいかない。母の許へ行かなければならない。羽流にも逢いたい。まだやり残していることがある――。

　それにしても、以前より洋海の体が窮屈に感じられる。まるで狭い水槽に入れられた魚のようだ。

　子どもの頃、お祭りの金魚掬いで遊んで持ち帰った数匹の金魚を、水槽代わりの洗面器に泳がせていた。後日水槽を買ってもらう約束をしていたが、その前に金魚は洗面器の中で死んでしまった。

「酸素が足りなかったんだな」

　金魚の死骸をビニール袋に入れて、近所の川縁《かわべり》に向かう途中、父はそう言った。

　父とともにシャベルを使ってできるだけ深く穴を掘り、金魚の死骸を埋めた。それまでは金魚が死んでしまったことをただ悲しんでいたが、ふと、死なせたのは掬って家に持ち帰った自分なのだと気づいた。金魚に申し訳なく思った。

あのときの金魚は、こんな風に苦しんだのかもしれない。金魚たちに復讐されている——。

浅く速い呼吸をしながら、心の中で金魚に手を合わせた。ごめんなさい、助けて、息ができない……すでに暗い世界にいるのに、さらに深い闇に引きずり込まれていく。浮力に逆らって体はどんどん重くなる。

母さんに逢いにいかないと……まだ死にたくない。

下へと引っ張られる力にあらがえず、意識が遠のいていった。

＊　＊　＊

焼き鳥屋を出て、奈央に連れられて夜道を歩く。細い道をくねくねと歩いていくと、ブロック塀の向こうに古い日本家屋があった。

奈央は門を抜けて、家の玄関扉の鍵を開けた。扉を開く前に、こっちを向いてささやいた。

「静かに入って。大家さん、もう寝ているから」

なるべく音を立てないように中へ入ると、外気とは違う湿った冷気に包まれた。

こぢんまりとした玄関の正面には階段があって、それを上った奥に部屋があるようだ。玄関脇にある立派な時計がボーンと大きな音をたてる。

針は一時半を示していた。

洋海は奈央に続いて狭い階段を上った。冷たい床を踏む度にギシギシと音がする。

二階には二つの扉が向かい合わせにあった。その左側の扉を奈央は開いて、洋海を無言で手招いた。部屋は八畳ほどの洋室だった。

「片付いていないけど。ここ、どうぞ」

用意されたエスニックな柄の座布団に座る。

部屋にはベッドと本棚、デスクが置かれ、壁には数え切れないほどの写真が貼ってある。スチールのハンガーラックにはぎっしりと服がかけてあった。

「写真、いっぱいだね」

「一時、海外旅行にはまってたの。その時の」

いずれも、色とりどりの背景にほんの少しだけ奈央が見切れている。座った座布団にふと目を落とす。

「これも、外国で？」

「布を買ってきて手作りした。ダサかわいいかな」

照れた風に写真を指さす。

「治安の悪い場所だと、カメラを盗られちゃうかもしれないから、誰かに頼めない。基本自撮り」

ポケットからスマートフォンを出して、目の前にかざした。

「一枚撮る？」

洋海はそそくさと奈央の隣に並び、スマートフォンのカメラにおさまった。

画面を見せてくれる奈央に洋海は言った。

「写真、どうやって撮るの？」

そう言って、洋海は自分のスマートフォンをポケットから出した。

「どうって……簡単に撮れるわよ。貸して」

洋海が手渡すと奈央はすぐにカメラモードに切り替えて、返す。

「はい、これで撮れる」

洋海は画面を覗き、レンズを奈央に向けて撮った。

「撮れた！」

無邪気に喜ぶ洋海に、奈央は半ばあきれたように苦笑する。

「スマートフォンでいろんな写真が撮れるのね」

「便利よ。旅の記録も残せるし」

「ひとりで知らない国に行くのは、怖くないの？」

「そりゃ、怖い時もあるけど……」

壁の写真を前に奈央が言った。

「それでもどうして旅に出るのかって考えたら、実は旅の途中が好きなんだって思った。誰も自分のことを知らない、知っている人もいない。何にも縛られない、ただの旅人でいられる。飛行機に乗っているときも、トランスファーでどこかの空港にいるときも」

「……トランスファー？」

「目的地への直行便がない場合は、途中で飛行機を乗り換えるでしょ。それがトランスファー」

「電車みたいに？」

「電車は単に乗り換え。トランスファーとは言わないわね」

　奈央は座椅子に座った。

「下に大家さんが住んでいて、間貸ししてもらっているの。トイレは向かいにあるけど、お風呂は一つだから、わたしは近所の公衆浴場かスポーツクラブで入ってきちゃう。面倒だけど、その分家賃が格安なのよ……今日はここに泊まってけば。大家さんにも許可を得ているから、シャワーなら使えるわよ。着替えの下着は、新品だからこれ使って……」

　奈央の話を聞こうとするのだが、耳の奥から雑音がして集中できない。
すぐ、心の奥の扉から玉青の意識が流れ込もうとしている、とわかった。

（邪魔しないで）

玉青の意識の流れを撥《は》ね返そうと、強く念ずる。意識の流れの中に「母さん」という単語があった。そこで水が一気に流れ込まないよう制御しながら、知りたいことだけに耳を傾けた。聞き取り終わると心に蓋をして、玉青の意識を遮断した。

「あの、母が病院に運ばれて、明日一番で行くことになりました。それで会社を休まなければならなくて」

「お母さんの容態は？」

玉青の意識から聞き取った石川の言葉をそのまま繰り返すと、奈央は小さく息をついた。

「そう……わたしも行きたいくらいだけど、二人で仕事休むわけにはいかないわね……誰か一緒に行ってくれる人がいればいいんだけど」

青島の存在を奈央は知っているのだろうか。どちらにしても栃木への同行を奈央に頼んだくらいだから、他に頼る人がいないことはわかっているだろう。

「なにかあったら連絡して。わたしもできるだけ、力になるから」

「ありがとうございます」

奈央は部屋の隅にある、小さな冷蔵庫からペットボトルを二本取り出して、一本を洋海によこした。

「お母さん、わたしと散歩していたとき、笑ってくれたのを覚えている」

母の笑顔……洋海の記憶にはなかった。昔の母の気配や声は、なんとなくではあるが覚えている。そばにいても見えないから、想像の中で自分だけの母親像を作り上げていたのかもしれない。

「シャワー浴びてきたら」

奈央は着替えやタオルを用意し始めた。

奈央に敷いてもらった布団に横になった。知らない匂いのする布団で久しぶりに寝返りを打つ。頬に枕の弾力を受け、自由になった嬉しさで胸がいっぱいになる。

この瞬間、玉青はあのベッドの上で身動きできないまま横たわっている。入れ替わる少し前、洋海は自らに迫ってくる死の影を感じていた。

――助けて、助けて、死にたくない……。

これまでとは違う苦しみが全身を貫いていた。奥歯の痛みを針で指先を突いた痛みとするなら、それはまるで体全体を串刺しにされているかのようだった。

――玉青、たまお……もう一度……。

病室から出て行く玉青にずっと訴え続けていた。でも届かなかった。その瞬間から、ずっと待っていた。もう一度玉青と入れ替われるその時を。

いつか死ぬとわかっていても、いつその時が来るかはわからない。爆弾を抱え、爆発して散り散りになる瞬間を待ちながら生きている——一歩踏み外したら死ぬ。歩くことさえできないのに。

　こんな窮屈な世界でただ死を待つなんて嫌だ。

　——この世界を出ていけるなら、わたしは何でもする。

　どれくらい経っただろうか……上の方から温かいものが降り注ぐのを感じる。見上げると一筋の光が射し込んでいた。何も考えないまま、洋海は光に向かって手を伸ばした。

　これは……夢？

　動かないはずの体が動いている。光の方へ手とともに体が吸い込まれるように宙に浮いた。

　洋海が視線を下へやると、ベッドに横たわる自分の体が見えた。

　死んだの……わたし……？

　いや、死にたくない……。

　いきなり後頭部に衝撃を受けた。

　洋海は下に沈むのにも上に引っ張られるのにも抵抗し、服従させられまい、と必死に手を動かした。

「ちょっと、大丈夫？」

体を揺さぶられて目が覚めた。奈央が洋海の両肩を押さえつけるような姿勢を取っていた。

「あ……おはよう」

「おはよう、じゃないわよ。びっくりしちゃった。ひとりで暴れてるから。どんな夢を見てたの？」

洋海は恥ずかしくなり笑ってごまかす。

奈央が揺さぶったのではなく、動いているのを止めてくれたのだとわかった。

奈央の出社に合わせて、洋海も身支度を調《ととの》え、出がけに階下の台所へ寄った。

「おはようございます。ゆうべは遅くにすみませんでした」

奈央が声をかけた先に、割烹着を着た小柄な女性の背中があった。

「おはよう」

肌の白い女性は手を止めずに振り返った。刻んだ野菜を揉《も》んでいるようだった。

足元はひんやりとしているが、台所は調理の火のせいで空気がしっとりとして暖かい。

思わず深く息を吸う。

「良い匂い……」

「海苔《のり》の匂いね」

奈央が小声でつぶやいた。

「お友だちも一緒にお出かけ？」

大家はこちらに向き直っても、まだ手を動かしていた。

「はい。シャワーもありがとうございました」

「またいつでもどうぞ」

そう言うと、小さな紙袋を二人に手渡す。

「おにぎり。朝食にどうぞ」

洋海は受け取りながら礼を言い、まだ温かい紙袋の重みを手の平に感じた。

駅までの道を歩きながら、洋海は奈央に言った。

「わたしね、自分には誰も味方がいないと思ってたけど、そうじゃなかった。ただ気づいてなかっただけだった……」

「そうよ、人の好意に気づかないというのは怠慢よ」

「うん」

「栃木、気をつけて。何かあったら連絡してね」

「うん」

奈央はそれ以上何も言わず、駅に着いてからもあっさりと別れた。これから起こるかもしれないことで洋海の胸には不安が渦巻いていた。でも玉青に頼りたくはない。

——今、この体にいるのはわたしなんだから。

久しぶりの通勤ラッシュに揉まれながら、洋海はもらったおにぎりが潰れないように胸元で守った。栃木へ向かう電車に乗り換え、座席に座ってからようやくもらった紙袋を開く。拳《こぶし》ほどの大きさのおにぎりが二つ。

片方を持ち上げるとラップを剝がして、一口ほおばった。

今朝、あの台所に入ったとき、懐かしく感じたことを思い出す。洋海は家の台所というものを知らなかった。ただ、玉青の家や青島の家のそれと違って、生きた台所という感じがした。

懐かしい、という感情はどこから来るのだろう。玉青の体に宿っているものなのだろうか。心とともに味覚も入れ替わるのに、懐かしいという曖昧な感覚はそのまま残っているのかもしれない。

洋海はおにぎりを食べたのは初めてだった。柔らかな塩味と海苔の風味のおにぎりを無心で二つ平らげた。

食べ終わってから、玉青にも食べさせたかった、と洋海は思った。

まだ、生きている

まだ、生きている……。

意識がうっすらと戻ってきた。右手をあげようとしたが動かない。もし死んでいるなら、自由になれているはず。

少しずつ思い出してきた。意識を失う前、下へ下へと引きずられていた。そして今――これ以上は沈まない。地の底にいるみたいだ。

耳が詰まって、雑音がする。全身の痛みはまだあるが、耐えられないほどじゃない。息は相変わらず苦しい。この体でゆっくりと呼吸することを覚えたのは、いつだったろう。

意識を失いそうになったとき、母のことを思った。洋海に伝わっていれば、きっと母に逢いにいってくれているはずだ。

それでよかったのかもしれない。母は洋海に逢いたがっていた……そうやって今は自分を慰めるしかない。

（洋海、聞こえている？）

わずかな希望をこめて、そう呼びかけてみた。

波打つように雑音がやってきては、遠ざかっていく。洋海からの返事はひとこと。

（邪魔しないで）

それだけだった。

洋海はいつまでこのままでいるつもりなのだろう。これまでだって、洋海の不自由さはわかっているつもりだった。

死ぬ前に自由になりたい、その願いを叶えてあげたかった。

洋海の言葉が真実だとして、もし入れ替わったままなら、この体が死ぬとき、自分の心も一緒に死んでしまうのではないだろうか。

そして洋海の心は、大倉玉青の体とともに生き続ける——。

考えるうちに、また呼吸が苦しくなる。

もし……そうなったとしても、きっと誰も気づかない。

洋海がいれば、誰にも気づかれるわけがない。

＊　＊　＊

目的の駅に着いて、スマートフォンの時計を見ると一〇時を少し過ぎていた。いつのまにかメッセージが届いている。青島からだった。

（何かあったのか）

青島のメッセージの前に、送信済みのメッセージがある——入れ替わる直前に玉青が打ったらしい文字が（あの）と二つだけあった。

いきなり着信音が鳴り、驚いてスマートフォンを手から落としそうになりながら、電話に出た。

「もしもし」

「この間の態度はなんだ。どこにいるんだよ」

青島の声——怒りを抑えているのがわかる。

「栃木に着いたところ」

「……お母さんに何かあったのか？」

施設で意識を失い、病院に運ばれたと告げると「病院名をあとで送って」とだけ言って電話は切れた。

ロータリーで客待ちしていたタクシーに乗り、病院名を告げて出発してからも、洋海は不安だった。前回は奈央がいたが、今日は独り……スマートフォンを取り出して、奈央に（今、駅からタクシーに乗りました）と打った。送信してから、石川へ電話をかけた。

待ち受けていたかのように、すぐに石川は出た。

「もしもし、大倉です。今駅からそちらへ向かっています」

「どのあたりかしら」

「ちょっと待ってください……運転手さん、病院までどれくらいかかりますか」

運転手は「一〇分くらいで着くと思います」と言ったので、そのまま伝えた。

「母は……」

「昨日と変わらず、眠っています」

母の無事を知って、洋海はホッとする。石川は誰かに話しかけられた様子で、電話の向こうでやりとりが行われていた。洋海が切らずに待っていると、石川が電話口に戻り慌《あわ》てた口調で言った。

「ごめんなさいね、病院の入り口で待っていますから」

「よろしくお願いします」

電話を切ると、窓の外を見た。

外の空気を吸いたくなって、少しだけ窓を開ける。車内に冷たい空気と風音が入ってきた。立ち並ぶ木々の肌がささくれ立って寒々しく感じられる。

ボタンを押して窓を閉じると、かすかな音を最後に静寂が訪れた。

「お客さん、東京からですか？」

急に運転手が声をかけてきた。

「はい、そうです」

「こっちは寒いでしょう」

「東京に比べると……でも寒いのは嫌じゃないです」

ベッドの上では知ることもなかった季節の移り変わりを、洋海は玉青の体で初めて感じた。どんなに暑くても寒くても、実感できることがありがたい。バックミラーに映る運転手は目を前方にやったまま、微笑んで言った。

「わたしも寒い方が好きです。冬は空気が澄んで気持ちいいですね」

「はい」

会話のおかげで車内の空気が和《なご》んだ。東京から病院にやってきた客の事情を慮《おもんぱか》っているのだろう。運転手の気遣いが心に沁みる。

スマートフォンに奈央から写真が送られてきた。昨日自撮りした二人の写真——奈央と玉青が並んでいる。写真を撮るなんて考えたこともなかったし、写真を撮られるのも初めてだった。栃木へ向かう車内でスマートフォンのカメラ機能をあれこれ試してみたが、自撮りをする気持ちにはなれず、適当にシャッターを切ってみた。

洋海は鏡や車窓に映る顔を見る度に、玉青の体を借りている事実を思い出してしまう。

奈央や大家さんと会ったのは洋海自身だ。もともとは玉青とはただの同僚だった奈央との繋がりを深めた。そう自信を持って言える。

言われた通り、青島に病院名を送った。青島には世話になっているから、そうするだけ。一時は好きなのかも、と思ったが、あれは玉青の気持ちが流れ込んだだけだ。今自分は青島に特別な感情がない、とはっきりわかる。

やがて病院の看板が見えてきた。敷地に入って道なりに白い建物へとタクシーが進むと、建物の入り口の自動扉が開いて石川が姿を見せた。タクシーの後部座席にいる洋海と目が合うと、石川は片手をあげた。

「おはようございます」

金を払ってタクシーを降りようとすると運転手がわざわざ車を降りてきて、扉を開けてくれた。

「お気をつけて」

そう声をかけられて、洋海は思わず言った。

「あの、一枚写真を撮ってもいいですか？」

「わたしを、ですか？」

運転手は意外そうな表情を浮かべたが、快く撮らせてくれた。

お礼を言って、迎えに来ていた石川に誘《いざな》われて病院内に入った。

「あの、母は」

ロビーを歩きながらそう訊く。

「ずっと眠っているけど、容態は安定しています。耳は聞こえていると思うから、何か話しかけてあげて」

エレベーターに乗って三階で降りると、スタッフステーションの向かいの病室へと入っていった。

石川はベッドへ歩を進め、後ろの洋海を手招きした。

洋海は母の顔を覗き込んだ。酸素吸入器のせいで口元の表情はよくわからない。ひっつめにした白い髪が乱れていた。

「和泉さん、玉青さんが来てくれたわよ」

石川は母に顔を近づけてそう言うと、洋海に目で合図を送る。恐る恐る近づく。

洋海の不安を感じ取ったのか、石川は、やさしく促すように微笑む。

母の顔が視界にいっぱいになった。

「……母さん」

それ以上言葉が出てこない。

母の顔から胸元、腹部へ視線を移しながら、手元で目が止まった。

骨盤の上あたりにある右の手に、洋海は自分の右手を置いた。母の手は骨っぽく皮膚の弾力は失われて、冷え切っていた。

「……ろみちゃんに逢いたがっていたわ」

石川の言葉に、洋海は顔をあげた。

「……石川さん、ちょっとだけ二人にしてくれませんか」

はっとした表情を見せると「気づかなくてごめんなさい」と言って石川は出て行った。

二人きりになると、母の手に触れたまま、洋海は背筋を伸ばして意を決した。

「母さん、わたし洋海なの。玉青に体を借りてここに来たの……わかる？　わかるなら、何か……合図して」

絞り出すように言ったが、母の反応はなかった。触れている手も動かない。

「わたし、ずっと病院にいたから、父さんが死んだことも母さんが施設にいることも知らなかった。でも玉青に会えて全部わかった……玉青は今、病院のわたしの体にいるの。入れ替わったのよ……」

病室の自分の体にいる玉青は、今どうしているだろう。入れ替わる直前の体の状態は最悪だった。その体に入ってしまえば、玉青がどれほど苦しむか、洋海は誰よりもわかっていた。

「……入れ替われて、こうして自由になれたのは玉青のおかげ。できたらこのまま生きていたいって思うのはいけないことよね……」

元の体に戻りたくない、このまま生きたい。

　できるなら玉青の人生に乗り換えたい。

　入れ替わる前には受け入れていた運命を、今は心が全力で拒否している。死にたくない、もっと生きたい――。

「母さん、このまま玉青として生きちゃダメかな」

　自分の声が、上の方から下りてくるように洋海には聞こえた。

「玉青は死にたがっていた……それならわたしが代わりに生きてあげる。玉青になって……だって、あの体じゃ生きていけないんだよ、わたし」

　病弱に生まれたのを、母の責任だと思ったことはないのに、知らず知らずのうちに責めるような口調になっているのを自覚した。

「ごめんね、母さんのせいじゃないからね」

＊　＊　＊

　洋海の体の感覚は、いつか見た夢に似ていた。

　深い海の中を漂っていると、すべての力を奪われる。あらがわず、クラゲか微生物のようにかすかな水流にさえ流されていく感覚は、奇妙に心地よかった。

　そうやって自意識を投げ出していれば、体が楽になっていく。少しでも意識的に動こうとすると呼吸は乱れ、痛みに襲われる。

こうして苦しみから逃れる方法をわたしは学んでいた。でも、意思を働かせずにいることが怖くもあった。

――この状態は、生きていると言えるのだろうか。

でも、今をやり過ごすには、こうするしかない。なるべく力を使わずに、半分だけ目を開いて世界を見ているようだ。

これ以上意識を投げ出せば、もうこの体にさえ帰ってこられない。むろん、洋海がいるわたしの体にも――。

いったい生きるってどういうことなんだろう……動けず、考えることもできず、誰も自分に関心を示さない。

答えを求めようとすると、体の芯がしびれて、痛みの到来が予感される。だから浮かんだ問いを心の中にそのまま置いているだけにする――生きる意味を考えるだけで死んでしまうかもしれない……複雑で皮肉な状態にいるわが身を思わず笑ってしまう。

――洋海、あなたはどうしているの。

――母さんは無事なの。

問うた途端に、全身を痛みが貫き、同時に耳の奥で何かが弾けた。

＊　＊　＊

洋海の耳の奥でキーンと何かが鳴った。

いったん母の病室を出て、ロビーで石川から今後についての説明を受けているときだった。

母はおそらくもう施設には戻れない。病院は完全看護だが、身内の人間がそばにいた方がいい、と石川は言った。

仕事をやめて、こっちに引っ越す……そうなるだろう。新しい仕事を探すことはできるだろうけど、羽流と離れてしまう——。

自分が産んだのではなく、玉青の子だとわかっている。血縁だからだろうか……あの子にこだわってしまう。

耳に残る音が気になって、手の平で蓋をするように耳を押さえる。洋海の様子に石川が気づいた。

「どうかしましたか?」

「いえ、急に耳の奥が痛くなって……」

耳の奥のキーンという金属音が消えてからは動悸が続いた。

「少し休みますか」

石川はそう言って、「ちょっと車に」と外へ出て行った。

ずいぶん辺鄙《へんぴ》な場所にある病院だが、患者が途切れずにやってくる。大方は高齢者で、小さな子どもを連れている母親もいた。

「お待たせしました」

戻ってきた石川は、パックのお茶と小さな白い包みを持っていた。

「これ、このあいだの栗のお菓子。ずいぶん美味しそうに食べていたから」

「ありがとうございます」

そんなことを覚えられていると知って、洋海は恥ずかしくなり下を向いた。石川は自分の分の菓子の包み紙をむきながら、つぶやくように言った。

「わたしも、できるだけ力になるけど、他に誰か相談できる人がいればねぇ……」

「……そうですね」

玉青に相談できたら……そうできたらどんなに楽だろう……だけど玉青は今そんな状態にはない。そうなったのは洋海のせいでもある。

「あの、大倉さんのご家族ですね」

スタッフステーションの看護師が窓口から顔を出して声をかけてきた。

「はい」

「一階にお知り合いの方がいらしたので、案内してもよろしいですか」

母の知り合いかも……思わず石川と顔を見合わせた。あらわれたのは青島だった。

「遅くなりました」

「どうして……」

突然の来訪に驚く洋海に、青島は「会社抜けてきた」と最初から約束していたかのように言った。

「この方、玉青さんのお知り合い？」

石川はピンときたようだ。

「いつもお世話になっています」

青島は石川に頭を下げた。玉青のために頭を下げる青島を洋海は不思議な気持ちで見ていた。

突然急ぐような足音が聞こえてきた。看護師が人を探す様子で、小走りでやってくる。

「大倉さん、すぐ病室へ」

洋海は、胸の上に両手を置いている母の顔をじっと見つめた。

触れなくても命が失われた状態だとわかる。

親子なのに、それらしい思い出が何も出てこない。そのことが無性《むしょう》に寂しい。さようならすら言えなかった。

洋海は自分のすぐ後ろに立つ青島を振り返る。青島は目を赤くして下唇をかみしめていた。早くに亡くなったという自分の母親と重ね合わせているのかもしれない。

無言の母を前にただ立ち尽くしていると、石川が椅子をすすめながら言った。

「お母さん、最後に玉青さんに会えて喜んでいたのよ」

母は死ぬ前も、死んでからも、何の反応も示してくれなかったのに。

「泣いた跡があったって、看護師さんが言ってたわ」

「母が……泣いていた」

「感情が高ぶったのね、きっと」

そばの椅子に座りながら石川は言った。

玉青の体と入れ替わって、玉青として生きたい……母はどんな気持ちで聞いていたのだろうか。でも母の涙の理由を訊くことはもう永遠にできない。

「表情を見ると、苦しまなかったんじゃないかと思うのよ」

たしかに母の顔に苦しんだ様子は見当たらなかった。看取れなかったから、余計にそう思いたい。洋海に逢いたい、と願ってくれた母がいなくなったのに、なぜか涙が出ない。

父の死は後から知らされたからどこか実感がなかった。でも母の死は今、目の前にある。それなのに……自分の薄情さが後ろめたい。

——死ぬってこういうことなの……。

洋海は死の予感を誰より感じていたはずだった。でも目の前の死に、動揺すらしない。

——玉青なら泣くだろう。でもわたしは母さんとの思い出もないのだから、思い出しもしない。

洋海は目を閉じて手を合わせると、母の冥福《めいふく》を祈った。

＊　＊　＊

痛みが少し治まってきた。

少し前は呼吸するときの微妙な振動だけでさえ痛かった。でも呼吸を止めるわけにはいかない。慎重に息を吸っては吐き出す。

体中を鋭い刃物で刺された感じがした。傷口から出血は続いている……イメージの中では息も絶え絶えになっていた。

さっき耳の奥で聞こえた破裂音が、残響のようにかすかにこだましていた。音について深く考えると、また痛みに襲われそうで、ぼんやりと音の行方を探る。

そのとき、思わぬ考えが浮かんだ。

——このまま貧血になれば、洋海に自分の気持ちを伝えられるかもしれない。

いつも洋海に意識を送るとき、わたしは貧血状態のようになって気を失っていた。あれは意図したものじゃなかったけれど、こちらから意識を送るために、貧血になって気を失えば——。

論理的に言えばできるような気がした。

洋海と自分は、体を入れ替えられた。同じ奥歯が痛む。見えない回線で繋がれ、離れていてもシンクロしている——きっと。

意識を送るにはきっと、貧血になる必要がある。そのためには痛みに耐えて、血を流さなければならない。

そうわかってはいても、さすがに怖い。全身が耐え難い痛みに襲われるだけではない。そうすることで自分の死が早まってもおかしくない。

八方ふさがりを実感して、動けなくなった。刻々と迫ってくる死を受け入れる覚悟もなく、生きるために戦う気力も湧いてこない。

これまでのことが映画を見るかのように思い出される。両親と過ごした時間、青島との時に楽しかった日々、人は死ぬ前にそれまでの人生が走馬灯のように見えると聞いたことがあるが、これがそうなのだろうか。

羽流が生まれたとき……引き離されてからも、心の中では春生まれの「ハル」と名付けて行方を追った。ネット検索を繰り返し、それらしい子どもがいると、どこへでも行ってハルを捜した。何度も何度も空振りにあいながら、やっと見つけた。その子の名が

「羽流」だと知ったときは、運命だと思った。

羽流に逢いたい。

そのためならどんな痛みにも耐えてみせる。そう覚悟した途端、足の裏から鋭いナイフを刺し込まれ、腹部から胸部、頭部まで貫かれるような痛みが炸裂した。

——これで、いい。

玉青は血が流れるまま、意識を失っていった。

＊　＊　＊

「悪いけど、先に戻る」と言う青島を洋海は病院のタクシー乗り場まで送った。

「ありがとうございました」

心細い時に一緒にいてくれたことは、本当にありがたかった。

「戻ったら、連絡して」

タクシーに乗り込む時、青島はそう言うと軽く手をあげた。

それから病院地下の霊安室に母を送り届けると、石川の車で施設へと向かった。

「落ち着かなくて、すみません。事務的なことも進めなければならないので」

申し訳なさそうに石川が言う。

「いいえ、大丈夫です。本当に、ありがとうございます」

もっと大人らしい受け答えをしたいが、玉青の意識が送られていない洋海には、大した語彙《ごい》がない。玉青の体と自分の心のバランスが取れていないことが不安でならなかった。

施設に着くと、職員たちがみなお悔やみの言葉を述べて頭を下げた。

洋海は一人一人に頭を下げる。こういう時に何と答えるべきなのかわからない。逃げるように母の部屋へと入った。

前に来たときと何も変わらない。ベッドもきちんと整えられている。

洋海はベッドに腰かけ、そのまま横になってみる。

母はここで何を見ていたのか。眠る前にはこの天井を眺めていたのだろう。

体を横向きにすると、小さな棚が目に入った。二冊の本――分厚いものとその半分ほどのもの――を洋海は起き上がって取り出した。

厚い方は母の日記帳で、もう一冊は小さなアルバムだった。表紙を開くと若い父母が並んで写っている。

次は妊娠中の母が椅子に座っている写真。日付はない。その次の写真では赤ん坊を抱いた母がいた。

――これは、わたし？　玉青？

写真を取り出して、裏返してみた。

洋海の誕生日――六月二八日と手書きで記してあった。

写真をもとの位置に戻すと、ページをめくる。次はもう二歳ほどになった女の子の写真――写真を出して裏を確かめるまでもなく、玉青だった。

いったんアルバムを閉じると、母の日記を開いた。日記といっても、厳密に毎日書いていたわけではないようだ。パラパラと見る限り、一ヶ月ほど書かれていなかったり、連日書かれたりしていた。一日あたり数行書きつけたメモのような日記だ。

最後に書かれたのは、この施設に来てしばらく後の日付だった。

「さみしい、さみしい、お父さんにあいたい。洋海、玉青にあいたい」

それだけが書いてあった。

また落ち着いて目を通そう、そう思いながら、ふと自分の生まれた日に何を書いていたのか気になって探した。が、何も書いてなかった。

自分の誕生から数ページめくっていくと、やっと自分の名を見つけた。

「洋海と代われるものなら、そうしたい。辛い」

「今日は洋海に本の読み聞かせをした。ちゃんと聞こえていますように」

「洋海の容態が思わしくない」

「もしわたしたちがいなくなったら、洋海はどうなるのだろう。考えなければ」

死んだ母を前にしても出なかった涙があふれ出した。洋海は手の平で口を覆い、声を殺して泣いた。母は出産してから、ずっと自分のことを思い続けてくれていた……。

その涙が、次の文章で一瞬止まった。

「洋海　危篤　深夜病院へ」

＊　　＊　　＊

気づけば、どこまでも暗い空間を漂っていた。

ここはどこ……突然体を奪われ、心は洋海の体に閉じ込められた。

思い出す端から、砂が波にさらわれるように記憶が消えていく。必死に手繰《たぐ》り寄せ、記憶を留めようとする。

そうだ、洋海へ伝えるには、自ら貧血状態にならなければならない——命を失う可能性はあってもそれしかない、そう考えた。このままだと、まもなく洋海の体は死んでしまう。自分と共に……。

ふと暗闇の向こうに光があらわれた。そこに誰かがいるような気がする。

（洋海）

そう話しかけてみたが、返事はなかった。

自分の中から温かいものが流れ出していく。貧血の一歩手前——体温が失われ、体の芯から冷えていくのを感じた。

その感覚は奇妙に心地よかった。このまま死んでしまってもわからないかもしれない。

――でもわたしは死ねない。まだ死にたくない。

元の体に戻りたい――そのために、洋海に伝えたい。体を返してもらわなければならない。それが洋海にとってどれだけ残酷なことかわかっていても。

光の向こうへ必死に意識を送る。洋海に届くように……あなたはどこにいるの？　これから玉青として生きていくの？　それが望みなの……一方的に洋海に語り掛けた。

聞こえてくるのは、繰り返す水中の呼吸音……これはわたしの呼吸。

一瞬、世界がゆがんだ。片足が引き込まれる。地の底からさらに沈むように――。

母さんが死んだ……そうわかった。

＊　　＊　　＊

細かな文字の並ぶ契約書を目で追う。文字は読めるのに、全体の意味が摑めない。玉青ならちゃんと対応できるのだろう。もう少し青島にいてもらえたら、と洋海は心細くなった。

「ここまで、大丈夫ですか？」

石川が確認する声はあくまで優しい。優しくされるほどに洋海は自分の至らなさを突き付けられる。

「ごめんなさい……よく、わかりません」

正直に言った。施設との契約をしたのは玉青だ。その玉青との「交信」を絶った今、洋海は社会経験も常識も足りない、ただの子どもでしかない。

「いいんですよ。急なことですからね」

急に母を失った洋海のショックを慮った石川は、気を紛らわせようとするように手元の紙を裏返しにしてテーブルに置いた。するとメールの着信音が鳴り、石川はポケットからスマートフォンを取り出し確認した。

「すみません、すぐ戻りますからね」

石川はそう言うと、立ち上がって部屋を出て行った。

ドアがゆっくりとスライドして閉まったのを確かめてから、洋海は高鳴る胸を押さえて本棚の日記を再び取り出した。

「洋海　危篤　深夜病院へ」

さっきは、その先を読む前に石川がやってきたので、急いでページを閉じて元の場所へ戻したのだ。

危篤のあと、自分はどうなったのか……読むのが怖いけれど、自分のことを知りたい欲望には勝てなかった。

かすかにふるえる両手は自分のものじゃないみたいだ。

──玉青の体だから、当たり前か。

自虐的に小さく笑う。まるで凧《たこ》のようだ。地上と続く糸がちぎれて、風のままに飛ばされている。自由になれるはずだったのに、結局自分自身をコントロールできていない……。

でも糸を切ったのは洋海の方だ。玉青との繋がりを絶ってしまった今、玉青の体の中にいるのが洋海だと知る人はいない。

自分が生きているということはそのまま、玉青を危険な状態にさらすに等しい。思うがままに選んだことだったが、洋海の心にはぬぐえないしこりが残っている。

指先が乾いて、うまくページがめくれない。今にも石川が戻ってくるような気がして、焦りながらなんとかページをめくった。

＊　＊　＊

フワフワと暗い波に流されながら、さっきまでの自分の状態を思い出していた。

──わたしは今、生きているのだろうか。それとも……。

誰も確かめてくれる人はいない。奥歯がまた痛み始めた。全身を貫く痛みは少しましになったが、関節が鈍く痛む。今、生きている証拠はこの痛みだけ。

でも……こうして生きていても、自分の存在を知る者がいなければ生きているとは言えない。事実、洋海がいたのに、姉でありながら知らなかった。

逆に言えば、死んでいても、その事実を知られなければ、まだ死んではいない。

唐突に、そう思い至った。

母が死んだ……そう伝わるまで、玉青の中で母は生きていた。

現実に起きていることを、自分の中で認識するまでには時差があるのだ。

洋海に出会うまで、わたしは一人っ子だと思っていた。でも洋海の存在を知って初めて、姉になった。一方洋海は、ずっと自分のことを知っていた。

洋海と入れ替われたのは、お互いの願望が一致したときだった。

八方ふさがりの現実から離れて楽になりたい……その間、洋海は誰にも見向きもされない病室で、たった一人きり。父の死も母の病気も知らず、誰かがやってくるのを待ち続けていた。洋海の気持ちを真には想像できなかったけれど、今やっとわかり始めている。

――これが洋海の世界、洋海の孤独。

女性は卵子の元をあらかじめ体に備えて生まれてくる。二〇〇万とも言われる卵母細胞のうち、生涯で排卵される卵子の数は四〇〇個程度。月経が始まり周期が安定すると、毎月卵巣からひとつ排卵され、卵管で受精のときを待つ。

母は不妊治療の段階で、排卵誘発剤を使い、二つの卵子を体外に取り出し、人工的に受精させた。そのひとつが玉青で、別の卵子が洋海となった。前後して生まれたけれど、わたしたちは母のお腹の中でずっと一緒にいた双子のようなもの。

洋海は心が繋がれるたった一人の存在だった。なのに洋海の存在を知らされず、知ることもなく生きていた。

――どうして両親は何も言わなかったのだろう。

洋海がどんな状態であっても教えてほしかった。そうすれば両親の負担を少しでも減らしてあげられたかもしれない。家族として頼られたかった。

それとも、そうすることのできない理由があったのだろうか……。

*　*　*

駅までの道は、石川が車で送ってくれることになった。

車内には地元のラジオ放送が流れている。番組のパーソナリティがはしゃぐほどに、車内の静けさを一層感じた。

「……お母さんの荷物は、本当に全部処分してしまってもいいんですか？」

石川は助手席の洋海に言った。

母の荷物は少なかった。衣類、こまごまとした文房具と洗面具、そしてアルバムと日記帳。

玉青ならどうするんだろう、そう考えた。どれが母にとって大事な荷物なのか……母はもういない。そして玉青に訊くのもためらわれた。

「……アルバムと日記は持ち帰りますから」

母と自分との繋がりがあるとしたら、この二つだけだ。

「ではあとのものはこちらで処分しますが、もし何か取っておきたいものを思い出したら、早めに教えてくださいね」

「はい、そうします」

ちょうど信号が赤になって停車する。石川はちらっと助手席に視線をよこし、言いにくそうに口を開いた。

「あの、立ち入りすぎだったら、そう言ってください」

「え？」

「和泉さんとは知り合いだったから、本来の職員の仕事を超えてしまって、個人的な感情で動いているところがあるんです。……あの人には何か玉青さんに伝えたいことがあったんじゃないか、という気がして仕方がなくて」

信号が青に変わり、車はゆっくりと走り出す。

「わたしが施設に来た頃、和泉さんはもうわたしのことがわからなくなっていました……玉青さんもお忙しそうで、なかなか施設にお越しになれなかったから、お節介だとは思ったんですが、ずっと仕舞い込んでいた学生時代の写真を和泉さんに見せたり、当時の思い出話なんかもしていたんです」

「そうだったんですか」

石川は一職員の立場を超えて、母を支えてくれていた……そんな友がいた母は幸せ者だと思う。

「そうするうちに和泉さんが徐々に話してくれるようになって。洋海さんや玉青さんのこと、ご主人のこと……お子さんができなくて苦労されたことも初めて知りました。以前病院で再会したときにはすでに妊娠中だったものだから、そんなこと思いもせず」

母が妊娠していた頃、看護師だった石川が勤務する病院で二人は再会した、と話していたことを思い出した。

「わたしもね、離れて暮らす娘がいるんです。一緒に暮らしていた頃より、離れている方が関係良好で」

フフッと何かを思い出したように石川は笑った。

「だから玉青さんは自分を責めたりしないでね。離れて暮らすことが親孝行になることもあるんだから」

今、石川は玉青に向けて話しているのに、洋海自身に言われているように感じた。

——わたしは一人きりで、ずっと寂しかった。

いつのまにか車は、人通りのある道に出ていた。もう一つ角を曲がれば駅だ。

「……いつも母の心の中に、洋海はいましたから」

母が亡くなるまで、そう信じていた。洋海は目を閉じて、母の日記の記述を思い起こす。

1999・12・25　洋海　永眠

たしかにそう記していた。

永眠とは……死んでいるってこと……でも自分はこうして生きている。玉青の体の中ではあるけれど。

そして玉青は、あの病室にいる。まだ生きているはず――。

「わたしが和泉さんと再会したとき、お腹にいたのは……玉青さんかしら？」

車はもう駅前のロータリーに入っていた。洋海は、カーブで生じる重力に身を任せながら言った。

「洋海です……たぶん」

洋海は石川と別れて、東京に向かう電車に乗り、再び母の日記を読み返した。永眠、と書いた後はしばらく何も記されていない。その後は長らく日付もなくなり、詩のような散文が書いてあったりした。

再び洋海の名前が出てきた。そして玉青の名前も。

玉青はこの部屋に私を置いて帰っていった。

洋海に会いたい。

母があの施設に入所した日のことかもしれない。玉青にあそこへ連れてこられたことがショックだったのだろう。

その先も、何度も洋海に会いたい、と書いてあった。玉青の名前は出てこない。まるで無視するかのようだった。

日記を閉じて、車窓に目をやる。すっかり暮れた景色に一層心が沈んだ。

――今、わたしは生きているの？　それともすでに死んでしまっているの……。

車窓に映る玉青の顔に、洋海は問いかけた。

*　*　*

玉青は両親が洋海の存在を自分に告げなかった理由を考え続けていた。

初めてこの病室を訪れた日、洋海が言っていたことを思い出す。

(わたしがいなければ、誰も困らなかった。生まれたのが玉青だけならよかったのに)

あのとき自分に妹がいると知って驚き、早く教えてほしかったとも思った。この世に血を分けた姉妹がいる、洋海がどんな状態でも嬉しい気持ちに変わりはなかった。

——でも両親が洋海のことを自分に隠し通せるとは思えない。洋海とわたしの年齢差を考えたら、むしろわたしを頼りにしたはず。

年齢差……。

洋海の年齢はおそらく一二、三歳……それなら、わたしが一七、八歳のときに生まれたことになる。母がその時に妊娠していたなら、気づかないわけがない。

洋海とわたしは母のお腹から同じときに取り出された卵子同士、時期をずらして生まれた双子——それは間違いない。そうでなければ、こうして入れ替われるはずもなかったのだから。

(母さんは、もし自分たちがいなくなっても子どもたちで助け合えるように、残りの受精卵をお腹に戻したんだって)

洋海はそうも言っていた。わたしには洋海のことを伝えず、その逆に洋海にはわたしのことを伝えていた——なぜ一方にだけ？

わたしに伝えたところでどうにもならないから？

伝えられない事情があるとしたら——先の見えない暗闇に光が走った気がした。

まさか、洋海は……でもそうだとしたら、両親が洋海のことを告げなかった理由もわかる。

——幼すぎて理解できない。

おそらくそう考えたのだ。

＊　＊　＊

浅草に着いたのは夕方五時を過ぎていた。

改札の向こうに青島が待っていた。

向こうを出発するときにちょうど連絡があって、浅草の到着時間を確認されていたから、もしかしたら、という予想はしていた。

「おかえり」

「ただいま……」

長い一日だった。体が重く、これまで感じたことのないような疲労感に襲われた。知った顔を見て、ついホッとしてしまう。

それほど食欲はなかったが、青島に誘われるまま浅草駅にほど近い天ぷら屋へと入った。カウンターに並んで座ると、適度なタイミングで職人が揚げたての天ぷらを皿に置く。青島はあまり話もせず食べているので、洋海も黙って天ぷらを口に運ぶ。はじめての天ぷらは美味しかった。

締めの天茶を食べ終わると、お茶を一口飲んで、青島が言った。

「散歩しないか」

断る理由もなく、天ぷら屋を出てから青島の後をついていく。青島は雷門《かみなりもん》の大きな提灯《ちょうちん》の脇を通りぬけ、仲見世《なかみせ》通りを足早に行く。洋海は両脇の華やかな店に気を取られながら、青島の背中を追った。

浅草寺《せんそうじ》の境内《けいだい》から左に曲がっていくと、参拝客の数は減った。前を歩く青島はいきなり、左側にある古びた喫茶店の扉を開く。洋海も店内へと続いた。

「いらっしゃい」

「二人」

青島が言うと、「お好きな席に」とカウンターの向こうにいる店主らしい中年男性が返す。奥から出てきた別の男性がオーダーを取る。

「コーヒー……」

そう言ってから、青島は洋海を見た。何か注文しろ、ということらしい。

「オレンジジュース」

「申し訳ありません。うちはジュース類を置いていないんです」

「……じゃ、コーヒーで」

男性が去ると、青島は「珍しいな」と小さく笑った。

店内を見回すと、カウンターにひとり常連客らしき人がいて、店主と何か話している。

「ここ、よく来るの？」

青島は質問に答えず、スマートフォンをいじっている。洋海もだまってスマートフォンを手にした。

やがてコーヒーが届いて、青島は何も加えず口をつけた。洋海は少し迷ったが、ソーサーに添えてあった角砂糖もミルクも入れなかった。

コーヒーカップを手にし、口元に近づける。いつのまにか冷えた手にカップの熱さが心地よく、コーヒーの香りが鼻腔《びこう》をくすぐった。

「いい香り」

思わず独りごつ。そのままそっと口をつけ、熱い液体をゆっくりと飲んでみた。

美味しいとまでは思わないが、それほど悪くない。そうこうするうちに心が落ち着いてきた。

——コーヒーを飲めるなんて、大人になったみたい。

洋海は青島に気づかれぬよう、口元だけで笑った。

もしかして、味覚が変わったのだろうか……自分でも気づかない変化が起こっている。玉青の体にいる時間が長くなるほど、玉青の感覚に近づいていくのかもしれない。もしそうなら、このまま玉青としてやっていけるかもしれない……少しだけ自信が出てきた。

その時、青島が突然口を開いた。

「この店の向かいのコロッケ店に、おれの父親が勤めている」

「……行方不明になっていたお父さん？」

青島の母と離婚後、行方が分からなくなったと聞いていた。

「ＳＮＳをたどって見つけたら、再婚してたって言っただろう。さらに調べたら、この店にたどり着いた」

惨めに生きていてほしい、青島は父に対してそう言っていた。幼い頃に病死した母を思い続け、無責任に消えた父の行方を今まで追っていたのだ。洋海は母の死を悲しめない自分を冷たいと思ったが、青島はどれほど父に執着しているのだろう。

「ここから見えるんだ」

向かいの店は外国人観光客が行列を作っていて、なかなか店員の姿が見えない。しばらくすると行列は解消され、奥にいる売り子の姿が目に入った。若い女性の店員ともう一人、キャップをかぶった男性店員がいる。

「帽子の人？」

「そう。若作りして……みっともない」

コーヒーを飲み終えると、会計をすませて店を出た青島はゆっくりとコロッケ店へと近づき、再びできた行列の後ろに並ぶ。青島から少し距離を置いてついていった洋海は青島が父に何を言うのか、気になった。

やがて順番がきた。洋海は二人の声が届く位置まで距離を詰めた。

「いらっしゃい」

帽子をかぶった男は、青島の姿を目にしても何の変化もないように感じた。洋海は青島の隣に立ち、カウンターの向こうの男の顔を見ようとしたが、帽子のつばで目元は暗い。男の胸元の名札には「青島」とあった。青島はいつも通りの声を出した。

「コロッケふたつ」

「はい、二二〇円になります」

青島が財布から出したそのタイミングで、男が差し出した手の平に小銭を置いた。

「ちょうどになります」

女性店員が奥から運んできた金属の平たい入れ物を、慎重に受け取った男は、湯気のたつコロッケをトングで摑んで手慣れた様子で紙を巻くと、青島に手渡した。

「ありがとうございました」

軽く頭を下げるとすぐに、青島の後ろにいる客に「いらっしゃいませ」と声をかける。

青島はコロッケを両手に持ったまま、店に背を向け、離れたところにある飲食可能のエリアまで移動する。洋海はそっと背中から声をかけた。

「……あの人がお父さん？」

「そうだよ。おれに気づきもしない」

「別れたのは、小さい頃なんでしょう」

「一度会っているんだ。高校の時。向こうから連絡があって……嫌だったけど会わないと後悔するかもしれないから。その時のあいつ、おれの顔見て涙ぐんだんだよ。自分から捨てていったくせにさ。十数年ぶりに会いに来た理由も言わずに……ムカついたから思いつく限りの暴言吐いて、さっさと帰ってやった」

そう言うと青島は、コロッケを備え付けのゴミ箱に捨てて、そのまま行ってしまった。

＊　＊　＊

（奈央さん、東京に帰ってきました。残念ながら母は亡くなりました。また連絡します）

奈央は玉青から送られてきたメッセージを確認すると、すぐ玉青に電話をかけた。

「もしもし」

「玉青さん、どこ？」

「まだ浅草。これから帰るところです」

「お母さんのこと、心からお悔やみ申し上げます……でもラインで送ってくるような内容じゃないでしょう？」

「ごめんなさい……」

「……お母さんを亡くされた人に、言うことじゃないわね。こちらこそ、ごめんなさい」

　玉青の心境を想像するのが難しい。奈央の両親は健在だった。もしかして玉青は、母の死を受け止められていないのではないか。

「ご葬儀はいつ？」

「明明後日《しあさって》もう一度栃木に行ってお通夜、その次の日に葬儀の予定です」

　石川さんがほとんど決めてくれました、と玉青は付け加えた。それを聞いて、奈央は安心する。今の玉青には、そういった段取りは難しかったかもしれない。

「そう……わたしも葬儀に参列できるようにする。気をつけて帰ってね。明日は出社する？」

「明日は……休みます」

「わかった。伝えておくわ」

「奈央さん」

「なに」

そこで玉青が息を呑むような間があった。

「いつか、旅行したいんです。一人じゃ不安だから、一緒に行ってくれませんか」

「……いいわよ」

「お願いします」

こんなときに旅行だなんて、と言いそうになった口を奈央は意識的に閉じる。ある予感がした。

「ねぇ、仕事辞めるつもりじゃないよね」

「え……」

「まぁいいわ。わかった。今日は早めに横になった方がいいわよ」

「奈央さん……ありがとう……なんだか母さんみたい」

「わたしもあなたと話していると、娘と話しているみたい。子どもを産んだ覚えもないのに」

小さく笑う奈央に、洋海も声を合わせて笑った。

＊　＊　＊

奈央の電話を切ってから帰ろうとしたが踵を返し、洋海は再びコロッケ屋まで来た。あたりは暗く、閉店時間を迎えた店の前には誰もいない。

父親に気づいてもらえなかった青島の絶望を思う。どんなに憎い親でも忘れられない。なのに当の親は子どもの顔を忘れていた。

その時、店の脇のアルミ製の扉から、男が出てきた。青島の父だった。

帽子を脱いだ頭は豊かな白髪で覆われていた。顔の輪郭がどことなく青島と似ている気がする。

歩き出した男の後ろを少し離れてついていく。ついていったところで何ができるわけでもないが、父が本当に息子《むすこ》を忘れてしまったのかどうか確認したかった。

駅近くになると人が増えてきて、洋海は後ろ姿を見失いそうになった。歩を進めていくと、いきなり脇道から手が伸びて、洋海の行く手を遮った。

手の主は、青島の父だった。

「何か用？」

低い声は先ほどの販売時とは全く違う。冷たい響きだった。

「こんな若い人に追いかけられるなんて、おれも捨てたものじゃないな」

軽い口調で言っているが、目は笑っていなかった。

「すみません……違うんです」

「じゃあ、なんだ」

怖くなって、口がうまく回らない。

「あの、青島さん、ですよね」

そう言われて男は、手を下ろした。

「そうだよ」

「さっき……お店を訪ねたんです。亮平さんと」

青島の名前を言えばわかるはず——しかし反応はなかった。その代わりにこう答えた。

「……あんた、おれと同じだろう」

言葉の意味がわからず、男の目を見る。

男は鼻で笑い、「いずれわかるよ」と言い残し、どこかへ消えていった。

頭の中が真っ白のまま、身体は硬直している。悪い夢を見ているようで、ポケットのスマートフォンを取り出した。

画面には12月22日　20時37分とあった。

——わたしの「命日」まで、あと三日。

スマートフォンをポケットに仕舞う。

――あんた、おれと同じだろう。

――いずれわかるよ。

青島の父の言葉を反芻する。摑めそうだがすり抜けていく……洋海は言葉の意味を探り続ける。

＊　＊　＊

両親は、洋海のことを隠していたんじゃない。

――わたしが幼すぎて理解できなかった……。すっかり勘違いをしていた。洋海は妹ではなく、姉――先に生まれた。そう考えれば、つじつまが合う。

同じ時期に母の胎内から取り出された卵子に体外受精をし、先に戻した卵子が洋海となり、時間を経て戻した卵子が――玉青として生まれた。

両親は体の弱い洋海を不憫に思って、もう一人の子を必要とした。いつまで続くかわからない洋海の命を守る存在を求めていたのだろう。そこで以前採卵し凍結した受精卵を母の胎内に戻した。そうして玉青は生を受けた……。

――わたしたち姉妹は一緒に暮らすこともなく、互いの顔を見ることもなかった。わたしは姉の存在を知らされなかったけれど、洋海はこの病室で、妹と会える日を待ちわびていたんだ……。

この部屋は洋海の世界――洋海の心と同じだ。外の世界から切り離され、どこへも行けない。死の瞬間を待つしかなかったこの部屋の時間は、どこかの時点で止まってしまった――。洋海も切り離された時の中に閉じ込められたまま……。

玉青は自分の身に起きたことを振り返る。不慮の事故で病院に運ばれたのは偶然かもしれない。でもこの部屋へと誘われたのは、長年の洋海の願いがそうさせたのだろうか……そして互いに望んで体を入れ替えた。

入れ替わった瞬間から、この部屋の時間は再び動き出した。ずっと止まっていた洋海の体は死へのカウントダウンを始めた――。

でも体は死ぬまで生きている。洋海の体は内側から肉を刃物で貫くように骨が伸び始めている。器となる皮膚や筋細胞の成長が追いつかないほどに。

胸が膨らんでいるのもそのせいだろう。

ずっと止まったままの時間が急速に動き出し、成長を止めていた洋海の体も時の流れに乗ったのだ。

入れ替わったのは洋海の切実な思いにほだされたからだったが、わたしも現実から逃げたかった。

齋藤に逃げられ、子どもと引き離され、父も死に、そして母も死んでしまった。

　でも人生をリセットなんてできない。なかったことにはならないのだ。体を入れ替えても、何の解決にもならない。

——あのときはただ逃げたかった——現実を離れるとは、この世と離れること、つまり死ぬこと。あのときはそれしかないと思った。

まさか入れ替わりが、止まった時間を動かしてしまうとは……洋海の体は死へと向かって、もう止まらないのだろう。

家に帰って、横になっても洋海は眠れなかった。

枕元で充電中のスマートフォンを手にする。ブルーライトの明かりにも慣れて、むしろほっとした。時計は23時58分。あと少しで日付が変わる。

栃木に行くのは三日後。明日は石川に言われたとおり、役所に母の死亡届を出しに行かなければならなかった。

玉青には伝わっているだろうか――。

玉青からの意識を遮断するため心に蓋をしていたが、さすがに母の死は伝えなければ、と思い、こちらから意識を送ってみた。気づいてくれることを願うしかない。

スマートフォンの画面に0が並ぶ。その上に12月23日の表示。自分の「命日」の二日前になった。

――いったいわたしの墓はどこにあるんだろう。

不思議なのは、母の日記に永眠と書かれた自分がこうして生きていることだった。あの病室はタイムカプセルみたいに時間を閉じ込めた空間だったのだろうか。

――まだ死ねない。墓を掘り返してでもわたしは生きたい――。

スマートフォンから手を離すと、洋海は天井に向き直った。

青島の父の言葉が脳裏に浮かぶ。その意味が次第にわかってきた。

――わたしと同じ……だとしたら。

そうだとしたら、息子に気づかなかった理由もわかる。

突然、背筋が冷たくなり、洋海は両手で玉青の体を抱きしめた。

玉青として生きていく、その先にあるもの……まだ考えたくなかった。

翌朝、いつもの時間に保育園へ向かい、葉の落ち始めたイチョウの木の下に立つ。

長らく羽流に逢っていない……久しぶりに姿を見られるのかと思うと、寒さも気にならなかった。

次々に子どもたちが登園してくる。その中に羽流の姿を探すが、まだ見えない。

そのとき、こちらに向かって走ってくる人影があった。由紀乃だった。

「大倉さん、おはようございます」

「おはようございます」

元気がないのが気になったが、それを訊く前に由紀乃から話し出した。

「あの、突然なんですが、ハルくんが昨日退園したんです」

体が揺れる。

水面に生じた波の振動が水中へ伝わってくるみたいに、体の内側に大きな揺れが生じている。

＊　＊　＊

――やっと来る。

ゆっくりとドアがスライドし、重い足取りで洋海が入ってきた。さっきまで痛みに支配されていた体が、ふっと楽になった。

（洋海）

呼びかけても洋海は何も答えず、ベッドのそばの椅子に座ると、深くため息をついた。

（羽流が……いなくなった）

（え？）

（昨日退園したんだって……）

洋海は打ちひしがれた様子で、家の事情で引っ越したらしい、と由紀乃から聞いたままを話す。

（それで……ここに来たの？）

そう言うと、洋海はこちらの反応に戸惑っている様子だった。

（玉青はショックじゃないの？）

（……別に）

羽流をいったん見失えば、次はいつ見つかるかわからない。そう覚悟はしていたので、不思議なくらいに動揺はなかった。

そう思えるのは、ある確信を持っているからだ。

（母さん、亡くなったのね）

（どうして……）

（洋海から伝わってきていた。はっきりとじゃないけど、たぶんそうだろうと）

最期を看取れなかったのは辛いけれど、母は念願の洋海には逢えたのだ——そう考えることで、なんとか言葉を絞り出す。

（母さん、洋海にずっと逢いたがっていたから、よかったね……）

（見た目は玉青だから、母さんにはわからなかったかも）

洋海はぽつりとつぶやいた。

そっと立ち上がる気配がした。洋海はこの部屋を出ようとしている。引き留める言葉を玉青は探した。

（洋海、あのね……）

（母さんの日記を見つけたの）

（読んだの？）

（少しだけ……わたしたちのことも書いてあった）

自分で読めないのがもどかしい。すると洋海が心を見透かしたように、話し始めた。

（どんなこと？）

（施設に入ってから、ずっと寂しかったって）

（そう……）

わかってはいたが、認めるのは辛かった。認知症なんだからと言い訳し、母の不安や不満を聞かずに施設への入居を決めてしまった。あのときはそれが精いっぱいだった。

（それから……なんて書いてあるの）

（洋海に逢いたいって）

洋海、洋海、洋海……娘は二人いるのに、母は洋海だけにこだわっていたような気がする。そのことに少し嫉妬もした。

　でも母が洋海に執着し出したのは、割と最近のことだった。

（その日記はいつから始まっているの？）

（わたしが生まれてから……）

そこまで言うと、洋海が言葉を濁したので、疑問をぶつけた。

（ねぇ、洋海は知っていたの？）

（何を）

（洋海の方が先に生まれたことを）

洋海は反応を示さなかった。

（この病室は、現実から切り離されている……そうよね）

その瞬間、宇宙に漂う船を想像した。時空から切り離されて、あてどもなくさまよい続けている宇宙船。中には小さな洋海が一人いる。

（ずっとここにいた洋海の成長も止まってしまっていた……そして、わたしがここに来た時から、この部屋の時間はまた動き出した）

洋海は再び椅子に腰を下ろすと、ゆっくりと口を開いた。

（……玉青の話す通りなら、思ったよりもずいぶん長く待ち続けていたのかもしれない……気が遠くなるほど長い間）

感情が高ぶったようで、洋海の声が震えていた。

（ようやく妹と逢えて、そして入れ替わって、この部屋から出られた。玉青のおかげでやっと生きられた……本当に感謝している）

――洋海の役に立てたことは嬉しい。

その先を玉青はあえて言葉にしなかった。生きる喜びを知った洋海に言えるはずもなかった。でもこのままの状態ではいられない。代わりにこう言う。

（わたしは洋海が好き。だから体を貸した）

すると洋海はあらかじめ用意していたセリフのように話し出した。

（この間、入れ替わった人に会ったの。青島さんのお父さんだった人）

（……青島さんの……ずっと行方不明だったお父さんのこと？）

（うん）

意外な話の展開に驚きながらも、なぜ洋海がそれを知っているのか、と思った。

（わたしたちの他にもいるんだね、入れ替わった人……息子の顔を見ても気づかなかったから、青島さんショックを受けてた）

つまり青島の父と入れ替わった誰かが、今も青島の父を騙《かた》って生活している……。

（お父さんには弟がいたって聞いたことがある……お酒で体を壊して、亡くなったって）

青島の父が入れ替わったのがその弟であるなら、もうすでに――。

洋海ももうわかっているはず。入れ替わった一方が死んだら、もう一方は元の体に戻れない。

――逃げてはいけない。洋海のことは大切だけれど、わたしは生きたい。

（洋海、身体を返して）

病室に洋海の沈黙が広がった。同情してはいけない、わたしは今後のどんな人生でも引き受けよう、と決めていた。

（わたしってこんなに小さいんだね……）

洋海は寝たきりの自分の体を見下ろして、そしてはっきりと言った。

（体は、明後日返すわ）

（明後日？）

（一二月二五日）

（クリスマスね）

（母さんのこと……玉青が見送ってあげて）

洋海の涙混じりの声に、もう少し体を貸してあげてもいい……とつい思ってしまう。

——どこかで区切りをつけなければいけない。この体はおそらく長くはもたない。残り時間がどれほどあるのかわからない。洋海が決心してくれたのだ。その気持ちを尊重したかった。

部屋を出る直前、洋海は言った。

（羽流がいなくなったのに、玉青は本当に平気なの？）

思わず苦笑する。洋海の方がよほど羽流の母親みたいだ。

（……一度見つけられたんだから、またいつか見つけられると思う。会いたいと思い続ければ、いつかは会える。洋海だってわたしを呼び寄せた……そうでしょ？）

訊き終えると洋海は静かに病室を後にした。再び一人になると体中に痛みが走った。……明後日まで耐えられるだろうか。もしその前に命の残り時間が尽きたら……考えるのはよそう。

洋海は必ず戻ってくる。

＊　　＊　　＊

廊下もロビーも足早に抜け、建物の外へ出ると洋海は走り出した。

心に巣食う罪悪感を剝ぎ取りたい。もうあの部屋に、あの体には帰らない。洋海はそう決めているのに。

クラクションが耳に飛び込んだ。振り向いたとき、バスが目の前で急停車した。

フロントガラス越しにバスの運転手の顔が青くなっているのがわかった。洋海が後ずさるように歩道に戻ると、ようやくバスは発車した。

――もう少しで死ぬところだった。

足の力が抜けていく。せっかく自由になる体を手に入れたのに、こんなことで失いたくはない……洋海は、気力で足の震えを止めようと、手の平を膝に当てた。

足だけではなく、手も震えている。洋海は事故に遭いそうになった恐怖で震えているのではないことに気づいた。今の自分の状態をどう捉えていいのか、わけのわからなさに混乱しているのだ。

――わたしは、もう死んでいるの？

そう思うと、涙が頬を伝ってきた。玉青が言っていたように、あの病室の時空は現実とずれている。

――母がわたしを呼び続けたのは、もうこの世にいないから……？

でもこうして生きている。この目で母の死に顔もちゃんと見た。洋海は自分に言い聞かせた。

――わたしは生きている。

そして玉青も、生きている――長く止まったままだったあの部屋の時間は、急激に動き始め、現実の時間に追いつこうとしている。

洋海は財布を取り出し、中に仕舞われていた健康保険証の生年月日を確認した。

――１９８９年６月28日。

「玉青は三〇歳……」

体の年齢は三〇歳でも、入れ替わった中身の自分は追いついていない。洋海にはあらゆる経験値がない。これから外と内のギャップをどう埋めていけばいいのか……そのときスマートフォンが着信音を発した。石川からのショートメールだった。

（区役所で死亡届と火葬許可申請書を出す際に、除籍謄本と改製原戸籍謄本をもらって

ください。お願いします）

死亡届を出すときに、この二通を取ってこなければならないらしい。

母の本籍がある都内の区役所を訪れると、案内の女性は洋海に各証明書の請求方法を懇切丁寧に教えてくれた。石川から預かっていた医師の死亡診断書を渡すと、スムーズにすべての証明書はそろった。

役所の廊下にあるベンチに腰を下ろし、取ってきたばかりの書類を確認した。いきなり大倉洋海の名前が目に飛び込んできた。

自然と椅子から背が離れ、証明書の文面に集中する。

大倉洋海は１９８７年６月28日に生まれ、そして１９９９年12月25日に死んでいる。

大倉玉青は洋海の二つ年下の妹ということがはっきりとした。

洋海はスマートフォンを手にし、石川のメールに返信した。言葉にならない何かが頭の中で渦巻いて、まもなく形を成そうとしている。そんな予感がする。

（区役所で届けを出して、証明書を取りました。これは何に使うのでしょうか）

石川の返事を待っている間、激しい動悸が続いた。五分ほどするとメールではなく、石川から電話がかかってきた。

「説明もしないでごめんなさい。お母さんが生まれてから亡くなるまでの戸籍を確認するためなの。今後相続手続きで必要になるかもしれないので……」

「あの、石川さんは、洋海が亡くなっていることをご存知でしたか？」

「……和泉さんの書類にありましたから」

「わかりました……ありがとうございます」

洋海は石川との電話を切ると、再び証明書に目を落とした。

一枚の紙に収まった母の人生。娘を二人産んだが、一人はもうこの世のものではない。そのことを証明している。

――やっぱりわたしは一二歳で死んでいた。二〇年前の明後日の日付に死んでしまった。あの部屋は二〇年前の時の中に取り残されていたのだ。

洋海は自分の中に芽生えて、根を張りつつある願望を自覚した。明後日になれば体を返す、と玉青に言ったのは、この「命日」のことが頭をよぎったからだった。

玉青は、気づいていないのだろうか。入れ替わった体の外側の変化を。

寝たきりの体つきは以前より大人びていた。髪は伸び、胸は膨らんでいる。顔はうっすらとした産毛に覆われていた。おそらく第二次性徴に入っている。

体年齢はたぶん、一三歳――。

洋海は区役所名がプリントされた封筒に証明書を収めると、バッグに仕舞って建物の外に出た。

空はどんよりと曇っている。心まで覆われそうなほど厚い雲を振り払うように首を左右に振ると、前を見た。

生きたい——このまま玉青の体で。まもなく到達してしまう死の世界ではなく、別の世界へ——新しい体に乗り継げば、別の世界へたどり着ける。

意を決しスマートフォンを取り出すと、青島へ電話をかけた。

「もしもし」

「玉青？」

「いいえ、姉の洋海です」

「え」

青島の動揺が伝わる。

「……玉青さんのお姉さん？」

「そうです。ずっと離れて暮らしていましたが」

疑うような間が続く。

「玉青と話せませんか？」

「玉青は遠くへ行くそうです。もうあなたとは会えません」

「そんな話……聞いていませんが」

「玉青は言っていました……あなたのそばにいると、ダメになる、お互いに、と」

青島が絶句しているのがわかった。

「借りているお金は、きちんと返します。またご連絡します」

言い切って電話を切った。

――玉青、これからはわたしが、あなたの人生を乗り継ぐ。

区役所の向かいにある図書館に入ると、これからどうすべきか、その方法を探り始めた。

＊　＊　＊

明後日、元の体に戻れる……指一本動かせない、全身隈《くま》なく痛みが走る体から、やっと抜け出せる……その言葉だけを頼りに堪えていた。

そして洋海は苦しむためにこの体に戻る。

体が入れ替わることは、互いの体だけでなく、その人生も同時に背負い込むことなのだ。洋海は動ける自由を得、玉青は寝たきりの不自由を強いられた。

生きることの苦しさに耐えかねて、死の願望を抱いた結果だったが、この体はもう一度生きたいと思わせてくれた。これは自分自身の思いなのか、洋海の長い間の願いだったのか……。

――わかっているのは、わたしたちは二人共には生きられないということだけ。

息が苦しい。必死に空気を吸うと同時に、胸を一突きされるような衝撃が走った。遅れて痛みが体中に広がる。

あと二日で……洋海が戻ってくるのを信じよう。メロスの代わりに人質となったセリヌンティウスみたいに。

メロスが期限内に戻らなければ、王の命《めい》で殺される。『走れメロス』をメロスや王の視点で読んだことはあったが、セリヌンティウスの立場で物語を眺めたことはなかった。メロスは妹の結婚式から戻ってくる、そうセリヌンティウスは信じていた。

玉青は考える。自分はこの体に囚《とら》われている人質だ。ここでひたすら、洋海が体を返してくれるのを待つしかない。

洋海は今何をしているのだろう。残された時間をどう過ごすのだろう。たった二日でも、地獄のような時間……永遠のように長く感じる。

＊　＊　＊

図書館を出ると、日が暮れていた。どこからか賑《にぎ》やかな音楽が流れてくる。洋海は地下鉄に乗り、大手町《おおてまち》に向かう車内で奈央にラインメッセージを打った。

（今、会社付近に向かっています。仕事が終わったら少しだけ会えませんか。相談したいことがあります）

駅に到着する頃、奈央から返信が来た。

（今から会社出るから、カフェで会いましょう）

次のメッセージに添付されていた地図に従って、洋海はカフェに向かった。

店に入ると、席は半分ほど埋まっていた。奥の壁際の席で奈央が小さく手を振っている。洋海は小さく会釈してからカウンターでコーヒーとドーナツを買い、奈央の向かいに座った。するとすぐに奈央が言った。

「珍しいね、コーヒーなんて」

「この間、飲んでみたらわりと美味しかったから」

「甘いドーナツと合うよね」

「半分食べる？」

「いただきます」

洋海はドーナツを手で割ると、奈央に半分手渡した。

「この間このカフェに来ていたでしょう。女の人と。あの人がもしかして保育士さん？」

「え……保育士さん？」

「なんとなく会社帰りって感じに見えなかったから」

玉青はここで由紀乃と会ったのか……由紀乃は玉青に頼み事がある、と言っていた。

「それで、あなたの相談って何？」

奈央はいつのまにかドーナツを食べ終えて、使い捨てのナプキンで指をぬぐっている。

「あの……わたし会社を辞めようと思っています」

そう言ってから、玉青の――ベッドに横たわる自分の――顔が頭をよぎった。洋海は玉青の人生を徹底的に変えようとしている。変えてしまったら、もう元の形に戻せなくなる。

「……やっぱり、そうじゃないかと思った」

奈央は静かに答えた。

「この間、言い当てられてびっくりした」

「友だちの勘かな」

「勘……」

「伝わるのよ心って」

二人は声を合わせて笑った。

「……なんとなくあなたは近々辞めるんじゃないかと思っていた。まぁ派遣なんだし、わたしだっていずれは辞めるけど……寂しくなるわね」

「わたしも寂しいです……」

奈央は玉青の同僚だが、洋海にとっては、ある意味玉青以上に親身になって支えてくれる存在だった。入れ替わって最初に電話をくれて以来、ずいぶん近しくなった。

「奈央さんが助けてくれたこと、一生忘れません」

「友だちなんだから当たり前でしょう」

「できたらこれからも、仲良くしてください」

「こちらこそ……でも仕事辞めるって、新しい仕事は決まっているの？」

そう訊かれると予想はしていたが、何と答えていいのか迷っていた。

「いえ、まだ……ただもうこの仕事はできないので」

「……ちょっと意味がよくわからないけど、どうしてもうできないの？」

訝《いぶか》しそうに奈央からそう問われると、洋海はあえてはっきりと言った。

「わたし、やりたいことがあるんです」

「……何をしたいの」

「勉強です。今のわたしは何もできないから、勉強して自分に何ができるか考えたくて」

じっと洋海を見る奈央の目が、本心を探るようだった。

「学びなおしするってこと？」

「はい」

厳密に言えば学びなおすのではないが、洋海は否定しなかった。

「それで……東京ではお金がかかるので、地方に引っ越して勉強しようと思います」

「何か目的があって勉強するんじゃなくて、目標を見つけるために勉強するってこと？」

「そうです！」

奈央が端的に言った言葉が、洋海の心を代弁してくれた。

「どこに引っ越すの？」

「栃木に、と思っています」

母がいた病院のある栃木と東京以外の場所を洋海は知らなかった。

「本当はご飯にでも行きたいけど、これから福岡時代の同級生と会う約束しているんだ」

店を出て駅へ向け歩きながら奈央は、申し訳なさそうに言った。

「じゃ、とりあえず栃木で」

葬儀ではあまり話せないかもしれない。洋海は名残惜しく「はい」とつぶやいた。

「落ち着いたら、旅行しよう。どこへ行きたいか考えといてね」

「……海」

「どこの？」

「……遠くの」

「わかった。考えておくね」

「……ありがとう」

奈央と別れると、洋海は混みあう電車に乗って家へと急いだ。

帰宅する客でいっぱいになった車内では、ありえないほど他人と近い距離になる。せめて精神的なテリトリーを確保しようと、下を向いてスマートフォンを眺めていた。

――生きることは居場所の奪い合いなのかもしれない。

洋海は視界いっぱいにいる人々の背や肩、髪を見ながら思う。玉青が満員電車の中で足を踏まれて倒れたのは偶然ではなく、誰かに居場所を奪われそうになったから……そんな気がした。

駅に停車する度に、少しずつ車内から人が減っていく。自由に体が動かせるようになると、車窓から見える無数の家の明かりに目をやった。

昨日、洋海は二つの計画を立てた。

東京を離れ、飲食店などで働きながら、通信教育を受ける。そして青島に借りた金を返す……気の長いスケジュールだけれど。これまでのことを考えれば、自分で計画を立てて実行できるのだから。もう頼れる人はいない。一人で生きていくのだ。不安もあるが、希望を抱いてもいた。

そのためには明後日という日を越えていかなければならない――大倉洋海の「命日」。

明後日さえ過ぎてしまえば心の重さは消える。……でも明後日、確実に自分の体が死ぬとは限らない。可能性は高いとしても。

そして玉青には気づいてほしくない――残忍なもうひとつの計画。

玉青の人生を奪うということは、妹を見殺しにすることだ。たった一人の妹を死に追いやってまで、生き続けようとする姉の計画。

この二つの計画が実行できたなら、いずれまた羽流の行方を捜す。どこかにあの子がいるから、ひとりぼっちじゃない――たとえ玉青がいなくなっても。


……助けて……早く……。

洋海を信じたいのに、疑う気持ちが広がっていく。

体を返して、お願い。

＊　＊　＊

目が覚めた洋海は、枕元で充電中のスマートフォンの時間を確認した。

――まだ六時半過ぎ。

辻由紀乃からメッセージが届いていた。

（おはようございます。先日夫が取材させていただいたものをまとめました。長いのでパソコンのアドレスに送ります）

由紀乃の頼みというのは、夫による取材だったのか……内容が気になる。あまり眠れていなかったが、パソコンを開いてメールを確認した。

大倉玉青さま
先日はありがとうございました。
取り急ぎまとめてみましたので、ご確認ください。
辻直樹（ノンフィクションライター）

いったい玉青に何の取材をしたのだろう。洋海は添付ファイルを開いた。

「離れ離れになった息子を捜して」

タイトルで凡《おおよ》その内容の見当はついた。でも誰にも言わなかった羽流のことを明かすなんて……洋海は玉青よりも先に読む罪悪感を振り払って読み始めた。

最初から最後まで三〇分ほどかけて読み終えた。複雑で理解できない箇所もあったが、大体はわかった。

　羽流を授かったとき、父親がいなくなってしまったとき、産んだ後に手放したとき……初めて触れた玉青の気持ちに、洋海は胸がいっぱいになる。

――産んだだけで母になるわけじゃない。子を思う気持ちが母にしていくのだ。

食欲がわかなかったので、ドリップコーヒーをセットした。お湯が沸くまでの間、顔を洗い、髪をとかす。静かな台所でコーヒーを淹れる。

　ふと手が止まった。

玉青のことが頭を離れない。洋海、と呼びかける玉青の声が頭の中でこだまする。

「やめて！」

自分に向けて声を上げた。

――わたしは玉青の人生を生きる。玉青の人生を奪う、乗り継ぐ。もう後戻りできない。

洋海は少し前からコーヒーが飲めるようになった。コーヒーが好きだったのは玉青のはずなのに。朝早く起きてしまうのも、玉青の習慣だ。この体には玉青が染みついている。

　入れ替わったときは、玉青との味覚の違いがあった。今は両方の味覚が混在しているようだ。羽流のこともそう。産んだのは玉青の体だ。入れ替わった今、この体にいる洋海にも羽流への強い思いが湧いてきている。

玉青は死んでしまうかもしれない。こうしてコーヒーを飲んでいる間にも……。

「あーーーー」

自分でも驚くような悲鳴が天井に反響した。

（玉青、まだ生きているの……？）

玉青からの意識が伝わらないように閉じていた心の扉をおそるおそる開いてみた。

しばらくすると、急に奥歯に激痛が走り、思わずうずくまる。次は体の節々、そして頭。痛みがあちこちから噴出してどんどん範囲を広げていく。

これ以上は耐えられない――玉青の意識を遮断すると、波が引くように痛みがなくなった。

――まだ玉青は生きている。そしてまもなく死のうとしている。

一人が淘汰《とうた》されたら、残りの一人は、もう一人の感覚を持ったまま生きていくのだろうか。――それなら、玉青の分まで生きてあげる。

着信音が静寂を破った。由紀乃からだった。メールの件かもしれない。

「おはようございます。メール届きまし……」

洋海が言い切らないうちに、切羽詰まった様子で言う。

「今すぐ来てください。ハルくんが保育園にいます！」

「……どうして羽流が」

「理由は後から説明します。とにかく早く、もう逢えなくなります」

洋海は電話を切ると同時に着替え、最低限の身支度を済ませると部屋を飛び出した。

足がもつれて何度も転びそうになりながら、洋海は走り続けた。もっと走りやすい靴を選べばよかった、とパンプスで飛び出したことを後悔した。

――どうして羽流がいるんだろう。

「もう逢えなくなります」と由紀乃は言った。走りながら言葉の意味を考えたが、見当がつかない。

ようやく保育園が見えてきた。いつものイチョウの木ではなく玄関扉を目指していく。

登園する園児たちはまだ少なかったが、扉前に園児を迎えるために女性保育士が立っていた。洋海はスピードを緩め、保育士に頭を下げながら近づいた。

「おはようございます。あの、由紀乃先生から連絡をもらって、ここに来るようにと」

保育士は「少々お待ちください」と言ったが、洋海は待つのももどかしく園庭に向かって「由紀乃先生いますかー」と声を上げた。

「大倉さん！」

そう声を発しながら、由紀乃が走り寄ってくる。

洋海が反応して走り出すと、「ちょっと」と先ほどの保育士はその場で制止しようとしたが、洋海は足を止めなかった。

園庭の中心部で二人は落ち合った。息を切らしながらもすぐに声が出た。

「羽流は」

由紀乃が指さす先にある木製の大きな遊具には、思い思いに遊ぶ子どもたちがいた。

「あそこに」

「羽流……」

その中に遊具を見上げる羽流がいた。紺のジャケットとパンツ姿だった。遠くにいても、他の子と羽流は見間違えない。

玉青にも、羽流だけが浮かび上がって見えるのだろうか。

羽流のそばには見たことのない女性がいる。あの人は……。

「ハルくんのお母さんです」

由紀乃がそう言った。

ほっそりとした紺色のスーツ姿。長い髪に隠れて、顔はよく見えない。

「ハルくんのご家族は、アメリカへ行かれるそうです。急なことですが今日渡米されるんだとか……最後にハルくんがお友だちや先生にお別れを言いたい、と園に立ち寄られました。それでわたしも、出勤日じゃないけど駆けつけたんです」

医師である羽流の父が、アメリカに臨床研究留学する、と由紀乃は説明してくれた。

「奥様の体調を考慮して、お一人で行くつもりだったそうですが、やっぱり家族で行かれることになったと……ゆくゆくは向こうに拠点を置いて仕事していくかもしれないそうです」

羽流は遊具を片足で軽く蹴っていた。あの服装で遊ぶことは禁じられているのだろう。せっかく来たのだから、友だちと思い切り遊ばせてあげたかった。

「そうなると、もうハルくんに逢えないかもしれない……そう思って電話しました」

由紀乃の言葉が洋海の耳を通り過ぎていく。ただひたすら羽流を見つめていた。母親が伸ばした手を握ると、遊具から離れていく。もう、行ってしまうのかもしれない。

すると気持ちが通じたように、羽流がこっちを見た。

「ゆきのせんせー」

母親の手を放して、羽流がこちらへ向かって走り出す。その姿はスローモーションの映像のように洋海の目に焼き付いた。

「ハルくん」

勢いづいたまま由紀乃にハイタッチすると、羽流は洋海を見上げた。洋海は愛おしい子の瞳の奥まで覗くように見つめた。

「ハルくん、大倉さんはハルくんにバイバイするために来てくれたんだって」

羽流が一歩近づいた。

「……ないてるの？」

そう言うと、かがんだ洋海の頬に伝う涙に小さな手が触れた。涙をぬぐおうとしている。

「なかないで……ぼくもなかないから」

由紀乃は羽流の頭を軽くなでた。

「ハルくんとバイバイするのが寂しいのかな」

すると羽流はおずおずと両手を広げて、かがんだまま泣き続ける洋海をハグした。

「なかないで、おおくらさん」

その手の温もりを感じながら、わたしは目を閉じた。

*　　*　　*

温かく優しいものに包まれた、と思ったら、すぐにそれは離れた。

目を開くと、そこに羽流がいた。

「もうないてない？」

大人びた口調でそう訊く。

目の前に羽流がいる……これは夢だろうか。由紀乃の声が聞こえた。

「大倉さん、涙止まった。ハルくんのパワーだね」

羽流は照れたように笑うと、「バイバイ」と言って走り去った。

「大倉さん、大丈夫ですか」

夢の続きにいるような、ぼんやりとした気分だった。

「ここ、保育園……」

「そうです……羽流くんは海外に行く前に園のみんなにお別れを言いに来たんですよ。ちょっと失礼します」

由紀乃はほかの園児を迎えるために離れていった。いつもの登園の風景が広がっていた。

わたしはそろそろと立ち上がった。元の体に戻っている。もうどこも痛くない。

――洋海はどこへ。

保育士たちに挨拶する時間も惜しく、保育園を出ると駅までの道をできるだけ走り、なかなか来ない電車にいらだちながら病院へと向かった。

――もう無理、と力尽きる寸前、洋海の体から抜け出し、この体へ戻った。間に合った。洋海はギリギリのところで助けに来てくれた。でも一体なぜ……。

――『走れメロス』なら、二人共に助かるはず。

病院の建物に入り、エレベーターで七階を目指す。二、三、四とゆっくり上昇していくエレベーター内で待ちきれずに足踏みしてしまう。

やっと七階で扉が開き、飛び出すように病室へ向かった。スタッフステーションの向かい、707号室。

ドアをスライドすると、部屋の奥の窓が見えた。目隠しのカーテンも、ベッドもロッカーもない。丸椅子が一脚あるだけで、人気《ひとけ》はなかった。

ゆっくりと中に進み、壁を見回す。リノリウムの床、アイボリーの壁、洗面台……洋海に逢うために何度か足を運び、そして洋海と入れ替わって何日もここで過ごした。

洋海は、そしてわたしはこの病室にいた。

開かれた窓から冷たい風がいきなり吹き込んできた。

（洋海、どこへ行ったの）

話しかけても、返事はなかった。

病室を後にし、スタッフステーションで書類に記入中の看護師に声をかけた。

「すみません、以前お世話になった大倉と申します」

看護師は手を止めて立ち上がると、歩み寄ってくる。

「こんにちは。何かご用ですか」

「あそこの病室って、どなたか入院していませんでしたか？」

看護師は病室の方へ首を伸ばした。

「あそこは――」

＊

久しぶりの家なのに、それほど空けていた気がしない。かすかにコーヒーの香りが残っていた。

（洋海）

答えはなくても、声をかけずにいられない。

＊

「あそこは、ずっと空き部屋です。壁の配管の故障で荷物置場になっているんです」

＊

看護師の言葉通りなら、洋海はどこへ――。

ぼんやりとしたまま、家に戻った。もしかしたらと淡い期待を抱いて――。

解錠し、玄関扉を開けると見慣れたわたしの部屋があった。長い旅をして戻ってきたみたいな部屋……変わりなく、誰の気配もない。初めて足を踏み入れるように部屋に入っていく。

「夢……だったのかな」

洋海と話したこと、入れ替わったことは、誰も知らない。あんなに体が痛かったのに、今はなんともない。まるで一人二役を演じていたような……そんな気すらしてしまう。

寝室のノートパソコンが開いたままで置いてある。いつも閉じているのに――あわててパソコンを確認した。

辻直樹からのメールが開かれている。この間受けた取材をまとめた原稿だった。

「離れ離れになった息子を捜して」

あの日、話したことがまとめられていた。たぶんわたしが感情的になって話した部分も、抑えた調子で綴られている。妊娠を知った齋藤が黙って消えたこと、両親から「孫なんていらない」と言われたこと、羽流と引き離されたこと……思い出すと辛くなるのに、こうして文章に起こされると、心乱れることなく読めた。

洋海はこの文章を読んでから保育園に向かった。羽流に逢うために。

そしてわたしがこの体に戻ったとき、羽流がいて、澄んだ目でこちらを見ていた。

「もうないてない？」

洋海は元の体に戻る直前、泣いていた……。

涙の理由は、もう訊けない。

洋海のことで頭がいっぱいのまま、ともかく地下鉄に乗った。電車の中で鞄の中にあった封筒を開けると、洋海が取ってきたのであろう証明書類が入っていた。

――１９９９年12月25日に洋海は亡くなった。

動かない体で痛みに耐えていたとき、わたしは幾度となく洋海を疑った。もう体は返ってこず、このままわたしは死んでしまうのではないか。『走れメロス』のセリヌンティウスが一度メロスを疑ったように――だけど疑う度に、洋海を信じられない自分を責めた。そんなわけがない、たった一人の姉妹を見殺しにするなんて――。

元に戻った今も、洋海を疑ったことを悔いている。自分が死ぬとわかっていながら、元の体に戻った洋海……自分に同じことができるだろうか。

元に戻る直前に洋海が泣いていたのは、死にたくなかったからなのかもしれない。それともう羽流に逢えなくなるからか……？

違う、おそらく洋海は体を入れ替わったまま、玉青として生きていこうとしていたのだ。――わたしの人生を生きようとしたけれど、それができなかった。

入れ替わっている時には伝わらなかった洋海の思いが染みわたってくる。心は伝わる……いつか伊月さんが洋海にそう言っていた。声にしなくともわたしたちは互いの思いを伝えられた。見えない何かに繋がれて。体の痛みや違和感も同じように覚えた。その残酷な決意も本当はわかっていた。でも信じたくなかった。洋海が生きることはわたしが死ぬこと。わたしが生きることは――。

洋海は最後に羽流と逢わせようとしてくれた。その気持ちが尊く、抱きしめたくなる。こんなに近くにいたのに、抱きしめあうこともできなかった。たったひとりの姉妹。

浅草で乗り継ぎ電車を待っているとき、どこからか視線を感じた。

キャップをかぶった男がこちらを見ていた。

——誰かに似ている。

「そんなに怖い顔するなよ」

背筋が冷えるような声——逃げ出したくなるのを必死に堪える。この人は……青島の父——の、弟。

男はふらふらと歩きながら近づいてきた。顔や白髪は年齢を感じさせるのに体にはゆるみがなく、若々しい。——目の前の男を見上げた。

「戻ったのか……それがいい」

意外な言葉に、思わず訊いた。

「どうして、入れ替わったんですか」

「あんたと同じ理由だよ。おれは体を壊してそのままじゃ生きられなかった。兄貴は悪い奴に騙《だま》され借金まみれになって首が回らなくなっていた。最後に息子と会った後、自分はこの世に必要がない人間だ、と泣いていたな」

そう言ってヘラヘラと笑う男への怒りを隠せなかった。

「……あなたは、どんな気持ちで生きているんですか」

「……きてなんかない」

「え……」

「生きてなんかない……兄貴の息子の顔もわからない、体があっても本当には生きられないんだ……だけど元には戻れない……もう返せないんだ！」

男は声を振り絞るように言い放つと、そのまま行ってしまった。

痕跡

電話がかかってきた。躊躇したが、通話ボタンを押す。

「もしもし」

「玉青……か」

「うん」

「この間、お姉さんと話した」

「…………」

「おれと、別れたいって本当なのか。一緒にいるとお互いダメになるって」

「……姉の言った通りです」

衝撃を受けたように青島は黙る。

「これまでありがとうございました。できるだけ早くお金は返します」

儀礼的に言うと、一息吸って口調をあらためた。

「それから、お父さんのこと……」

「……おれの？」

「さっき偶然会いました」

「………」

「……あの人は別人です」

「何言ってんだよ」

「確認しました。あの人は青島さんのお父さんじゃありません」

「………」

「それだけ、伝えたかった。それじゃ」

「わかった……」

数秒して電話は切れた。

何度も断ち切ろうと決めたのに、思い切れずにいた青島との関係が終わった。拍子抜けするほどに呆気なく。

洋海が以前言ったことに便乗して、青島に別れを告げられた。わたしの一番言いにくいことを代弁してくれた……それなのに……どんどん洋海の気配は消え、最初からなかったようにも思える。

――洋海は幻だったの？

ちょうどホームに入ってきた電車に、行先も確認せずに乗り、席に着く。

スマートフォンを取り出し、青島のラインアカウントを消去した。画面に指が触れ、写真のアプリに触れた。

「マイアルバム」には見たことのない写真が収められている。開いてみると、奈央との写真があった。

奈央が自撮りしたと思われる写真には、無邪気な笑顔の奈央と戸惑いながら笑みを浮かべるわたしが写っている——これは、洋海だ。

次の写真も同じ日の奈央。これは洋海が撮ったようだ。奈央の頭上の空間が空きすぎて、撮り慣れていない感じがする。

その次はラップに包まれた二つの……おにぎり。次はタクシーをバックに立っている初老の運転手。そのあとは母と同世代の女性……この人が母の施設にいた石川さんなのかもしれない。

流れる車窓写真。雷門の大きな提灯、仲見世の風景、浅草寺の境内、なみなみとコーヒーの入ったクラシカルなカップとソーサー。

七色保育園のイチョウの木、赤い椿の花、青い空、これは我が家の近所で撮ったのだろうか。そしてまた車窓……。

すべて洋海が見てきたものだった。

最初の写真以外、どこにも洋海は写っていない。あえて撮らなかったのかもしれない。撮っても写真に残るのは、洋海の顔じゃなく玉青だから。

たとえ文字を書いても自分の文字じゃない。スマートフォンやパソコンで短いメッセージを打ってはいるけれど、それだって洋海が書いたものとはわからない。

「生きてなんかない……兄貴の息子の顔もわからない、体があっても本当には生きられないんだ」

青島の父の体に乗り継いだ弟の言葉を思い出す。あの人だって、今を生きようとしているけれど、借り物の人生であることに変わりはない。

体があっても本当には生きられない……人は人と関わらずには生きられない。どれだけこじれても、間違っても、やっぱり自分から逃れられない。だから終わるまでこの体とどこまでも生きていくしかない——。

もう一度洋海の撮った写真を見返した。洋海の心が動いた瞬間を、留めておきたいと思った時を記録したのだと思う。

洋海が精いっぱい生きた痕跡。プリントアウトして、部屋に飾っておこう。

日はすでに落ちかけ、車窓を鏡のようにしていた。

人生はこの電車のように行先が決まっているわけじゃない。どこにだって行けるはずなのに、これまでは現実に囚われ、人間関係にからめとられて、いつしかどこにも行けなくなってしまっていた。どこにも行けない、そう思い込んでいた。

そんなときに洋海と入れ替わり、辛さから逃れられた。洋海も同じように乗り継ぐことで、別の人生を生きた。

どんなに大切な相手でも、幸せは分かち合えない。一方の不幸が、結果的にもう一方をひと時満足させることはある。青島との関係がそうだったように。

でもそれは本当の幸せにはならない。

羽流とは離れてしまったが、それがあの子の幸せに繋がるのなら喜ぼう。

洋海の体の中にいた苦しみが、一時でも洋海の自由と繋がったのなら、入れ替わってよかったと心から思える。

――わたしには、もう入れ替われる人はいない。

でも心の中にいる。

いつでも会える。

〈対談〉松井五郎（作詞家）×中江有里
歌手活動の再開は、この小説がきっかけだった

文庫『わたしたちの秘密』の刊行を記念して、著者・中江《なかえ》有里《ゆり》と、彼女の音楽活動の作詞などを手がける松井《まつい》五郎《ごろう》との対談が実現。二人の「出会い」から、歌手とプロデューサーとしての関係まで、四半世紀におよぶストーリーを語った。

二五年ぶりの〝再会〟がつないだ縁

中江　今回、文庫化された『わたしたちの秘密』は、二〇一九年に出版した『トランスファー』を改題した作品です。当時の一番の思い出と言えば、この作品をイメージして

松井さんが詩を書いてくださり、単行本の帯に掲載させていただいたこと。松井さんから詩を書いていただいたのは、歌手活動をしていた一〇代のとき以来で、本当に感激しました。

松井　そう、九〇年代に、中江さんのシングルの歌詞を四曲書かせてもらいました。中江さんが他に歌っていた、ＣＨＡＧＥ ａｎｄ ＡＳＫＡの飛鳥涼《あすかりょう》や中島《なかじま》みゆきさんが書いた歌詞に負けないようなものを、僕も書かなきゃいけないって思いながら。

中江　最初に書いていただいたのは、三枚目のシングル「真夏の楽園」。とても明るい歌詞で、こんなにポップな曲を歌うのは、私にとって初めてだったので、すごく新鮮でした。

松井　それまで中江さんが歌っていた曲は、どちらかと言えば、しっとりと影のある少女像が描かれていたものだったので、陰と陽のバランスじゃないけれど、僕は中江さんの明るい面を引き出すように依頼されたんじゃないかと思って書いたんです。ただスケジュールの都合などで、すべての方のレコーディングに立ち会うわけにもいかず、実際にお目にかかる機会がなかったんですね。

中江　しかも、私は二年ほどで歌を中断してしまい、自分の中では「終わったもの」として、歌の世界からはどんどん遠ざかっていく一方で。でも、四〇代になったとき、昔の自分をなかったことにするのはどうなのかと、当時を振り返った時期があったんです。

とは言え、今の自分はまったく違う世界で生きているので、近づきようがない……。そんなとき、松井さんが同じ作詞家の売野雅勇《うりのまさお》さんと一緒にトークショーを行われることをたまたま知って、ぜひ、お話を聞きに行きたい、と。

松井　なるほど。それで一観客として、会場にいらっしゃったんですね。

中江　ええ、お恥ずかしい話、歌詞を書いていただいた当時は、松井さんのお顔も存じ上げなかったので、「いったいどんな方なんだろう？」と、ずっと興味がありました。松井さんは三〇〇〇曲以上もの歌詞を書いていらっしゃるので、私のことなんか覚えていないに違いない。でも、せっかく来たのだから、ご挨拶《あいさつ》だけはしようと思って、著書を買って、サインの列に並んだんですよ。

松井　あのときは、ビックリしました。サイン用に「お名前は？」って聞いたら、「中江有里です」って言うんだもの（笑）。

中江　松井さん、「え？」って顔を上げて、「僕、中江さんに四曲書いていますよね」って即座におっしゃった。私もビックリでした。未発表曲を含めたった四曲だけお世話になった私のことを、ちゃんと覚えてくださったんだって。

松井　もちろん覚えていますよ。中江さんの声はずっと心に残っていたし、その後、ドラマやコメンテーターとしての活躍ぶりもテレビで拝見していましたしね。

中江　そのときが初対面でしたけど、二五年ぶりに松井さんに会えた！　なんとも印象的な〝再会〟だったので、その約一年後、『残りものには、過去がある』という小説を出版したときに、ふと「松井さんに送ってみよう」と思いついて連絡を差し上げた。そうしたら、「すでに買いました」と言われて、さらに、感想を詩の形で送ってくださって。

松井　僕は作詞家だから、詩で感想を送るのがいいだろうと思ったんですね。と言っても、誰にでもそうしているわけじゃないけれど。

中江　本当に嬉《うれ》しかったです。「自分の書いた小説が、こんなふうに詩で表現されるのか」って。それで、『トランスファー』を出版するときも、本の帯に載せる詩を書いていただいた。「名前のない海」と題されたその詩を読んだとき、この作品の答えのように感じられて。「そうか、こういう小説だったのか」と、書き手である自分自身が松井さんの詩に教えてもらったような気がしました。

松井　実は、僕は長い本を読むのがあまり得意じゃないんですよ。自分も「書く」側の人間なので、文章に触れるとダイレクトに脳に響いてしまうので。それよりも、音や風景といった、言葉から離れているものからインスパイアされて文章を書くことが多いんですね。特に、小説は長いので、読んでいるうちに自分で違うストーリーを考えちゃったりして、なかなかページがめくれない。おかげで、『ライ麦畑でつかまえて』とかも、いまだに一ページから先に進めないという（笑）。

中江　後からそのお話を聞いて、なんだか申し訳ないお願いをしてしまったな、と。

松井　いやいや。だから、「名前のない海」も、この小説が映画化されたら、こんな歌詞の主題歌がエンドロールに流れてきたらいいんじゃないかと思いながら書いたんですよ。それだけ、ビジュアル的なイメージが浮かんでくる小説でしたから。女性ならではの温度感や皮膚感覚がリアルに伝わってくるのもいい。僕の場合、自分の歌詞の中で「エロスの描き方が特徴的だ」とよく言われるので、中江さんがエロスの部分をどう表現するのかにも興味がある。そのあたりも、次回作ではぐっと掘り下げてみてほしいです。

クリエイターとして
お互いに刺激し合いながら

中江　二五年ぶりに、こうしてご縁がつながったおかげで、松井さんから刺激を受けていることがたくさんあると感じています。私は小説を書き、松井さんは作詞をされている。同じ言葉を扱ってはいるけれど、松井さんの詩詞を読んでいると、こんなに限られた言葉で何かを表現するのは、自分には絶対無理だなと思い知らされて。自分が書きたいことを書くためには、私にはやはり小説くらいの長さが必要なんだということも再認識させられました。

松井　確かに、小説を書くことと作詞をすることは、似て非なる作業ですからね。

中江　ええ、マラソンランナーと短距離走者くらいに違う。それに、松井さんは作詞以外にも、映像の編集、舞台の演出、アーティストのプロデュースなど、作詞家の枠を超えて様々な創作活動をされている。なんて好奇心旺盛な方なんだろうって、驚かされることがたくさんあります。

松井　僕の場合、たまたま作詞の依頼が多いので、世間的には作詞家ということになっているだけで、そもそも、ものづくり全般が好きなんですよ。それこそ、絵を描くのも舞台の演出も、面白そうなものはなんでもやってみたいんですね。

中江　しかも、とってもスピーディ。思いついたら、即、形にしていく。同じクリエイターとして、そのスピード感がすごいなぁって。私の中では「すでに終わったもの」としてとらえていた歌を、二〇一九年からもう一度歌うことになったのも、「もう、歌は歌わないの？」と、松井さんが背中を押してくださったおかげですから。

松井　正直な話、トークショーでお目にかかった当初から、「もう一度、歌ったほうがいい」と思ってたわけじゃないんです。俳優さんやタレントさんの中には、若い頃に歌っていたことを、〝黒歴史〟として封印している方もいらっしゃると聞いていたので。歌っていたときの記憶が、今の中江さんにとって黒歴史なのか、それともいい思い出なのか、お会いしたときはわかりませんでしたから。

中江　私も、松井さんに再会した当初は、まさかもう一度自分が歌うなんて、思ってもいませんでした。それなのに、『トランスファー』の帯に書いてくださった「名前のない海」に、いきなりオリジナル曲をつけていらして、私がゲストで参加することになっていたご自分のトークショーで「この曲を歌ってね」と。これはもう逃げられない（笑）。覚悟を決めて歌うしかないんだ、と。

松井　僕が一番気にかけていたのは声の質です。もちろん、歌唱力や表現力も大事なのですが、それ以上に、声ばかりはどんなに頑張っても変えられない。年齢を重ねて行くうちに、声が掠《かす》れてしまったり、低くなってしまう方もいる。でも、中江さんの場合は、年齢を感じさせない澄んだ声のままだったから。その声を聞いて、僕の中に今の中江さんの声で表現してみたい世界が生まれたんですよ。

中江　ありがとうございます。二六年ぶりに、人前で歌ったときは本当に緊張しましたが、それがきっかけで、不完全燃焼のまま離れてしまった音楽を「もう一回やってみよう」と思えるようになりました。そこから松井さんにプロデュースしていただいて、久しぶりにニューアルバムをリリースしたり。それもこれも、松井さんと再会しなければすべてあり得なかった話です。さらに、自分が小説を書いていなければ、こんな展開も絶対になかっただろう、と。一見バラバラだけど、ひとつひとつやってきたことが、こうして結びついて今の自分がある。どんな過去も、決して黒歴史じゃないんだなって（笑）。

松井　歌が黒歴史じゃなくて、よかった（笑）。つくった側としては、多少なりとも大事にしてほしいという思いもありますからね。あと、僕はせっかちな性格なので、「これ、楽しそうだからやってみようよ」と、ボールを投げたとき、すぐに投げ返してくれる相手じゃないと嚙《か》み合わない。その点、中江さんとはスムーズにキャッチボールができるので、新しいアイディアがどんどん浮かんできて楽しいですね。

中江　私が小説を書くときにも、松井さんとの創作活動が大いに刺激になっています。そう言えば、今回、文庫版のタイトルを『わたしたちの秘密』に改題したのも、松井さんが作詞をしてくださった「わたしのような誰か」という曲にインスパイアされたから。最新アルバム『Impression《アンプレッシオン》』に収録した一曲ですが、私が表現したい世界観にピッタリで、このタイトルをそのままつけたかったほど（笑）。

松井　そのうち、中江さんと一緒にドラマをつくったり、短編小説と歌をリンクさせたライブもやってみたい。朗読も好きなので、歌だけでなく、朗読劇もやりたいな。

中江　小説は自分一人で紡いでいく世界ですけど、歌はつくり手の世界観を自分がどう表現するかにかかっています。言わば総合芸術。様々な組み合わせから成る想定外の楽しみがある。自分一人では決してつくり出せない世界を、これからも松井さんと一緒に生み出していけたら素敵だなと思っています。

（二〇二二年五月八日収録）

まつい・ごろう

一九五七年生まれ。八一年、ＣＨＡＧＥ ａｎｄ ＡＳＫＡの「熱風」で作詞家としてデビュー。その後、安全地帯、氷室京介、坂本冬美、工藤静香、光ＧＥＮＪＩ、Ｖ６や韓流アーティストの楽曲からアニメや特撮の主題歌まで、幅広い分野の作詞を手がける。二〇〇九年、坂本冬美「また君に恋してる」でレコード大賞優秀作品賞を受賞。

初出　「読売プレミアム」二〇一八年六月一日〜十二月二十四日
単行本　『トランスファー』　二〇一九年六月　中央公論新社刊

本書は右単行本を改題し、加筆修正したものです。

中公文庫

わたしたちの秘《ひ》密《みつ》

2022年7月25日　初版発行

著　者　中《なか》江《え》 有《ゆ》里《り》

発行者　安部 順一

発行所　中央公論新社
〒100-8152　東京都千代田区大手町1-7-1
電話　販売 03-5299-1730　編集 03-5299-1890
URL https://www.chuko.co.jp/

ＤＴＰ　嵐下英治
印　刷　三晃印刷
製　本　小泉製本

Published by CHUOKORON-SHINSHA, INC.
Printed in Japan　ISBN978-4-12-207234-3 C1193

あ-59-4
一路（上） 浅田次郎

父の死により江戸から国元に帰参した小野寺一路は、参勤道中御供頭のお役目を仰せつかる。家伝の行軍録を唯一の手がかりに、いざ江戸見参の道中へ！

206100-2

あ-59-5
一路（下） 浅田次郎

蒔坂左京大夫一行の前に、中山道の難所、御家乗っ取りの企てなど難題が降りかかる。果たして、行列は期日通りに江戸へ到着できるのか――。〈解説〉檀　ふみ

206101-9

あ-59-7
新装版 お腹召しませ 浅田次郎

幕末期、変革の波に翻弄される武士の悲哀を描く傑作時代短編集。書き下ろしエッセイを特別収録。司馬遼太郎賞・中央公論文芸賞受賞作。〈解説〉橋本五郎

206916-9

あ-59-8
新装版 五郎治殿御始末 浅田次郎

武士という職業が消えた明治維新期、行き場を失った老武士が下した、己の身の始末とは。表題作ほか全六篇に書き下ろしエッセイを収録。〈解説〉磯田道史

207054-7

い-129-3
愛しいひとにさよならを言う 石井睦美

絵画修復家の母と、母の年上の友人に育てられた斎藤いつか。少女の出会いと別れを切なくも瑞々しく描く、心ふるえる長篇小説。〈解説〉北上次郎

206787-5

え-10-7
鉄の首枷 小西行長伝 遠藤周作

苛酷な権力者太閤秀吉の下、世俗的野望と信仰に引き裂かれ、無謀な朝鮮への侵略戦争で密かな和平工作を重ねたキリシタン武将の生涯。〈解説〉末國善己

206284-9

え-10-8
新装版 切支丹の里 遠藤周作

基督教禁止時代に棄教した宣教師や切支丹の心情に強く惹かれた著者が、その足跡を真摯に取材し考察した紀行作品集。〈文庫新装版刊行によせて〉三浦朱門

206307-5

か-61-1
愛してるなんていうわけないだろ 角田光代

時間を気にせず靴を履き、いつでも自由な夜の中に飛び出していけるよう…好きな人のもとへ、タクシーをぶっ飛ばすのだ！　エッセイデビュー作の復刊。

203611-6

各書目の下段の数字はISBNコードです。978－4－12が省略してあります。

か-61-2
夜をゆく飛行機
角田光代
谷島酒店の四女里々子には「ぴょん吉」と名付けた弟がいて……うとましいけれど憎めない、古ぼけてるから懐かしい家族の日々を温かに描く長篇小説。
205146-1

か-61-3
八日目の蟬《せみ》
角田光代
逃げて、逃げて、逃げのびたら、私はあなたの母になれるだろうか……。心ゆさぶるラストまで息もつがせぬ傑作長編。第二回中央公論文芸賞受賞作。〈解説〉池澤夏樹
205425-7

か-61-4
月と雷
角田光代
幼い頃暮らしをともにした見知らぬ女と男の子。再び現れたふたりを前に、泰子の今のしあわせが揺らいで……偶然がもたらす人生の変転を描く長編小説。
206120-0

か-61-5
世界は終わりそうにない
角田光代
恋なんて、世間で言われているほど、いいものではない。それでも……愛おしい人生の凸凹を味わうエッセイ集。三浦しをん、吉本ばなな他との爆笑対談も収録。
206512-3

な-64-1
花桃実桃
中島京子
会社員からアパート管理人に転身した茜。昭和の香り漂う「花桃館」の住人は揃いも揃ってへんてこで……。40代シングル女子の転機をユーモラスに描く長編小説。
205973-3

な-64-2
彼女に関する十二章
中島京子
五十歳になっても、人生はいちいち、驚くことばっかり——パート勤務の宇藤聖子に思わぬ出会いが次々と。ミドルエイジを元気にする上質の長編小説。
206714-1

ふ-48-1
十六夜《いざよい》荘《そう》ノート
古内一絵
面識の無い大伯母・玉青から、高級住宅街にある「十六夜荘」を遺された雄哉。大伯母の真意を探るうち、遺産の真の姿が見えてきて——。〈解説〉田口幹人
206452-2

ふ-48-2
銀色のマーメイド
古内一絵
大人気「マカン・マラン」シリーズの原点！ 中学水泳部を舞台に、ジェンダーの垣根を超えた熱血×感動の青春物語が登場です。
206640-3